TRANZLATY

Language is for everyone

Jazyk je pre každého

The Call of Cthulhu

Volanie Cthulhua

H.P. Lovecraft

English
Slovenčina

Copyright © 2026 Tranzlaty
All rights reserved
Published by Tranzlaty
ISBN: 978-1-80572-511-4
The Call of Cthulhu
H.P. Lovecraft (1926)
www.tranzlaty.com

www.tranzlaty.com

The Horror Made of Clay
Hrôza z hliny

There is one thing I find particularly merciful.
Je jedna vec, ktorú považujem za obzvlášť milosrdnú.
The inability of the human mind to correlate events.
Neschopnosť ľudskej mysle korelovať udalosti.
It's a blessing that we can't understand the world.
Je to požehnanie, že nedokážeme pochopiť svet.
We live blissfully on a placid island of ignorance.
Žijeme blažene na pokojnom ostrove nevedomosti.
An island in the midst of black seas of infinity.
Ostrov uprostred čiernych morí nekonečna.
And it was not meant that we should voyage far.
A nebolo zámerom, aby sme sa plavili ďaleko.
The sciences each strain in their own directions.
Každá veda sa uberá svojím vlastným smerom.
But hitherto science's findings have harmed us little.
Ale doterajšie vedecké zistenia nám len málo uškodili.
But some day dissociated knowledge will be pieced together.
Ale jedného dňa sa rozptýlené vedomosti poskladajú dokopy.
Terrifying vistas of reality will open up to us.
Otvoria sa nám desivé pohľady na realitu.
And we will be left in a frightful vantage point.
A zostaneme v desivom výhodnom bode.
We will either go mad from the revelation we are given.
Buď sa zbláznime z odhalenia, ktoré nám bude dané.
Or we will flee from the deadly light that we will see.
Alebo utečieme pred smrteľným svetlom, ktoré uvidíme.
We will run from the knowledge we had always pursued.
Utečieme pred vedomosťami, ktoré sme vždy usilovali.
And we will seek the peace and safety of a new dark age.
A budeme hľadať pokoj a bezpečie nového temného veku.
Theosophists have guessed at the scale of the cosmos.
Teozofovia odhadovali rozsah vesmíru.
Our world is but a transient incident in this cycle.

Náš svet je len prechodnou udalosťou v tomto cykle.
The human race plays but a little role in the universe.
Ľudská rasa hrá vo vesmíre len malú úlohu.
The theosophists have hinted at strange methods of survival.
Teozofovia naznačili zvláštne metódy prežitia.
But their suggestions would freeze a rational man's blood.
Ale ich návrhy by racionálnemu človeku zmrazili krv v žilách.
Only the optimism of their ideas hides the horror.
Iba optimizmus ich myšlienok zakrýva hrôzu.
But it is not their ideas that chill me the most.
Ale nie sú to ich myšlienky, čo ma najviac mrazí.
It is something else that fills me with terror.
Je to niečo iné, čo ma napĺňa hrôzou.
The single glimpse of forbidden eons I have seen.
Jediný záblesk zakázaných eónov, aký som videl.
When I think of what I saw my blood stands still.
Keď si spomeniem na to, čo som videl, zastaví sa mi krv v žilách.
Restlessness plagues my dreams since that glimpse.
Od toho pohľadu ma sny trápi nepokoj.
It came to me like all dreaded glimpses of truth.
Prišlo mi to ako všetky obávané záblesky pravdy.
An accidental piecing together of separated things.
Náhodné spájanie oddelených vecí.
An old newspaper item and the notes of a dead professor.
Starý novinový článok a poznámky mŕtveho profesora.
In a flash everything was pieced together before me.
V okamihu sa mi všetko poskladalo dokopy.
I hope no one else will accomplish this terrible insight.
Dúfam, že nikto iný nedosiahne tento hrozný objav.
Certainly, if I live, I shall never help anyone to know it.
Určite, ak budem žiť, nikdy nikomu nepomôžem, aby to zistil.
I shall never knowingly supply a link in so hideous a chain.
Nikdy vedome nedodám ani jeden článok v takej ohavnej reťazi.
I think that the professor, too, intended to keep silent.
Myslím si, že aj profesor mal v úmysle mlčať.

He didn't mean to share the secrets that he knew.

Nechcel sa podeliť o tajomstvá, ktoré poznal.

And I'm sure he would have destroyed his notes.

A som si istý, že by si zničil poznámky.

If he had not been seized by sudden and suspicious death.

Keby ho nebola zastihla náhla a podozrivá smrť.

***

My knowledge of the thing began in the winter of 1926-27.

Moje znalosti o tejto veci sa začali objavovať v zime 1926-27.

My great-uncle was the professor George Gammell Angell.

Mojím prastrýkom bol profesor George Gammell Angell.

He was the Professor Emeritus of Semitic languages.

Bol emeritným profesorom semitských jazykov.

He lectured in Brown University, Providence, Rhode Island.

Prednášal na Brownovej univerzite v Providence na Rhode Islande.

His death, at the age of ninety-two, triggered the event.

Jeho smrť vo veku deväťdesiatdva rokov bola spúšťačom tejto udalosti.

He was widely known as an authority on ancient inscriptions.

Bol všeobecne známy ako odborník na staroveké nápisy.

Heads of prominent museums came to him for his expertise.

Riaditelia významných múzeí sa naňho obracali kvôli jeho odborným znalostiam.

So his death was noticed by many within academic circles.

Jeho smrť si teda všimli mnohí v akademických kruhoch.

Interest was intensified by the obscurity of his death.

Záujem zintenzívnila nejasnosť jeho smrti.

It occurred as he was disembarking from the Newport boat.

Stalo sa to, keď vystupoval z lode v Newporte.

Witnesses say a dark nautical-looking fellow had jostled him.

Svedkovia tvrdia, že doňho strčil tmavý muž námorníckeho vzhľadu.

After being stricken, he fell suddenly, witnesses say.
Po tom, čo ho zasiahli, náhle spadol, uviedli svedkovia.
Physicians were unable to find any visible disorder.
Lekári nedokázali nájsť žiadnu viditeľnú poruchu.
After some perplexed debate they reached their conclusion.
Po zmätenej debate dospeli k svojmu záveru.
"It must have been a lesion of the heart," they agreed.
„Muselo to byť poškodenie srdca," zhodli sa.
"After all, he was rather an elderly man," they added.
„Napokon, bol to už dosť starší muž," dodali.
"the brisk ascent of the steep hill caused his end."
„Svižný výstup na strmý kopec spôsobil jeho koniec."
At the time I saw no reason to dissent from this dictum.
V tom čase som nevidel dôvod nesúhlasiť s týmto výrokom.
But latterly I am inclined to wonder about their conclusion.
Ale v poslednej dobe mám sklon premýšľať o ich závere.
And I do more than just wonder if they were right.
A ja sa viac než len zamýšľam nad tým, či mali pravdu.

***

My grand-uncle died alone as a childless widower.
Môj prastrýko zomrel sám ako bezdetný vdovec.
And so I became heir and executor to his possessions.
A tak som sa stal dedičom a vykonávateľom jeho majetku.
So I was expected to go over his papers and writings.
Takže sa odo mňa očakávalo, že si preštudujem jeho
dokumenty a spisy.
I moved his entire set of files and boxes to my Boston home.
Celú jeho sadu spisov a krabíc som presťahoval do svojho
domu v Bostone.
Much of the materials I collected will later be published.
Veľká časť materiálov, ktoré som zhromaždil, bude neskôr
publikovaná.
Many academics in his field took great interest in his work.
Mnohí akademici v jeho odbore prejavovali veľký záujem o
jeho prácu.

The American archeological society relied on him greatly.
Americká archeologická spoločnosť sa na neho veľmi spoliehala.
But there was one box which I found exceedingly puzzling.
Ale bola tam jedna krabica, ktorá ma nesmierne zarážala.
I felt much averse from showing these files to other eyes.
Veľmi som sa zdráhal ukazovať tieto súbory iným.
The box had been locked, unlike the other boxes.
Krabica bola zamknutá, na rozdiel od ostatných krabíc.
And initially I found no key that would open this box.
A spočiatku som nenašiel žiadny kľúč, ktorým by som mohol túto skrinku otvoriť.
But then the location of the key occurred to me.
Ale potom mi napadlo umiestnenie kľúča.
The professor always carried a keyring in his pocket.
Profesor vždy nosil vo vrecku kľúčenku.
It was indeed one of these keys that opened the box.
Bol to naozaj jeden z týchto kľúčov, ktorý otvoril skrinku.
But in the box was a still more closely locked barrier.
Ale v krabici bola ešte dôkladnejšie zamknutá bariéra.
What could be the meaning of the queer bas-relief?
Aký by mohol byť význam toho zvláštneho basreliéfu?
Various paper cuttings accompanied the bas-relief.
Basreliéf sprevádzali rôzne papierové výstrižky.
What did the disjointed jottings and ramblings allude to?
Na čo narážali tie nesúvislé poznámky a táranie?
Had my uncle become credulous to superficial impostures?
Stal sa môj strýko dôverčivým povrchným podvodom?
Perhaps in his later years his criticalness thought slowed.
Možno v neskorších rokoch sa jeho kritické myslenie spomalilo.
Someone had disturbed this old man's peace of mind.
Niekto narušil duševný pokoj tohto starca.
And so I resolved to locate the eccentric sculptor.
A tak som sa rozhodol nájsť toho excentrického sochára.
The man who set in motion my uncle's strange obsession.
Muž, ktorý spustil zvláštnu posadnutosť môjho strýka.

***

The bas-relief was roughly shaped like a rectangle.
Basreliéf mal zhruba tvar obdĺžnika.
The rectangular shape was less than an inch thick.
Obdĺžnikový tvar mal hrúbku menej ako palec.
And the bas-relief was about five by six inches in area.
A basreliéf mal rozmery asi päť krát šesť palcov.
It was obvious that the bas-relief was of modern origin.
Bolo zrejmé, že basreliéf bol moderného pôvodu.
The designs, however, were far from modern in atmosphere.
Dizajn však svojou atmosférou nebol ani zďaleka moderný.
The inscriptions suggested a far older civilization.
Nápisy naznačovali oveľa staršiu civilizáciu.
The vagaries of cubism and futurism were many and wild.
Rozmary kubizmu a futurizmu boli početné a divoké.
But normally such patterns fail to produce regularity.
Ale takéto vzorce zvyčajne nedokážu vytvoriť pravidelnosť.
The cryptic regularity which lurks in prehistoric writing.
Tajomná pravidelnosť, ktorá sa skrýva v prehistorickom
písme.
This regularity was certainly present in the bas-relief.
Táto pravidelnosť bola určite prítomná aj v basreliéfe.
I was certain the inscriptions represented a writing system.
Bol som si istý, že nápisy predstavujú písmo.
I had some familiarity with the papers of my uncle.
Bol som trochu oboznámený s dokumentmi môjho strýka.
And I had looked through all of his collections and works.
A prezrel som si všetky jeho zbierky a diela.
But I failed to find any writing that was similar.
Ale nenašiel som žiadny podobný text.
I could not geographically place this alphabet in any way.
Túto abecedu som nevedel nijako geograficky zaradiť.
Nor could I guess from what time this writing came from.
Ani som nevedel uhádnuť, z akého obdobia tento text
pochádza.

Above these apparent hieroglyphics there was a figure.
Nad týmito zdanlivými hieroglyfmi bola postava.
The figure was evidently only of pictorial intent.
Postava mala evidentne len obrazový zámer.
The impressionism of the picture added to the mystery.
Impresionizmus obrazu pridal na tajomnosti.
No clear idea of the creature's nature could be discerned.
Nebolo možné rozoznať žiadnu jasnú predstavu o povahe
tvora.
The creature seemed to be a monster, of some sort.
Tvor vyzeral ako nejaká príšera.
Or the symbol represented a monster, of some sort.
Alebo symbol predstavoval nejaké monštrum.
Only a diseased mind could conceive of such a form.
Len chorá myseľ si môže predstaviť takúto formu.
My imagination yielded different pictures simultaneously.
Moja predstavivosť mi vykresľovala rôzne obrazy súčasne.
But my imagination may also be somewhat extravagant.
Ale moja predstavivosť môže byť aj trochu extravagantná.
An octopus, a dragon, and also a human caricature.
Chobotnica, drak a tiež ľudská karikatúra.
I shall try not be unfaithful to the spirit of the thing.
Pokúsim sa nezlomiť duchu veci.
A pulpy, tentacled head surmounted a scaly body.
Na šupinatom tele sa zdobila dužinatá hlava s chápadlami.
Rudimentary wings protruded from the grotesque shape.
Z groteskného tvaru vytŕčali primitívne krídla.
But the shape of the monster wasn't even the worst part.
Ale tvar monštra nebol ani zďaleka to najhoršie.
The background of the picture was even more frightening.
Pozadie obrázka bolo ešte desivejšie.
The scenery had a vague suggestion of another civilization.
Krajina neurčito pripomínala inú civilizáciu.
Cyclopean architecture from a forgotten part of the world.
Kyklopská architektúra zo zabudnutej časti sveta.

***

Only some notes and press cuttings accompanied the oddity.

Zvláštnosť sprevádzali len nejaké poznámky a výstrižky z tlače.

The press cuttings seemed to be only vaguely related.

Výstrižky z tlače sa zdali byť len nejasne prepojené.

The hand written notes were all from my uncle.

Ručne písané poznámky boli všetky od môjho strýka.

But his notes made no pretense to any literary style.

Jeho poznámky však nepredstierali žiadny literárny štýl.

There was no ordering mechanism to any of the papers.

Žiadny z dokumentov nemal mechanizmus na objednávanie.

Although there seemed to be a master document to the notes.

Hoci sa zdalo, že k poznámkam patrí hlavný dokument.

This document was ascribed to the cult of Cthulhu

Tento dokument bol pripisovaný kultu Cthulhua

The word's letters had been painstakingly written out.

Písmená slova boli starostlivo vypísané.

There should be no erroneous reading of the unheard of word.

Nemalo by dôjsť k chybnému výkladu nepočovaného slova.

This Cthulhu manuscript was divided into two sections;

Tento rukopis Cthulhu bol rozdelený do dvoch častí;

The first manuscript was titled the following:

Prvý rukopis mal nasledujúci názov:

"1925 - Dream and Dream Work of H. A. Wilcox"

„1925 – Sen a snová práca H. A. Wilcoxa“

"7 Thomas St., Providence, Road Island"

„7 Thomas St., Providence, Road Island“

And the second manuscript was titled the following:

A druhý rukopis mal tento názov:

"Narrative of Inspector John R. Legrasse"

„Príbeh inšpektora Johna R. Legrasseho“

"121 Bienville St., New Orleans, 1908 Meetings."

„Stretnutia na ulici Bienville 121, New Orleans, 1908.“

"Notes on Same, & Prof. Webb's account of events"

„Poznámky k tomu istému a opis udalostí od profesora Webba“

The other manuscript papers were all brief notes.

Ostatné rukopisné papiere boli len stručné poznámky.

Some manuscripts described the queer dreams of different persons.

Niektoré rukopisy opisovali zvláštne sny rôznych ľudí.

Some manuscripts cited from theosophical books and magazines.

Niektoré rukopisy citované z teozofických kníh a časopisov.

Notably, most of these citations were from W. Scott-Eliott.

Je pozoruhodné, že väčšina týchto citácií pochádzala od W. Scotta-Eliotta.

Mainly the notes referenced Atlantis and the Lost Lemuria.

Poznámky sa spomínali najmä na Atlantídu a Stratenú Lemúriu.

The other notes commented on long-surviving secret societies.

Ostatné poznámky komentovali dlho prežívajúce tajné spoločnosti.

Hidden cults that may or may not still exist somewhere.

Skryté kulty, ktoré môžu, ale aj nemusia niekde stále existovať.

Two books seemed to provide most of the information;

Zdá sa, že väčšinu informácií poskytovali dve knihy;

Miss Murray's Witch-Cult in Western Europe.

Kult čarodejníc slečny Murrayovej v západnej Európe.

This book thoroughly detailed Mythological sources.

Táto kniha dôkladne popisuje mytologické zdroje.

And Frazer's Golden Bough provided anthropological sources.

A Frazerova Zlatá ratolesť poskytla antropologické zdroje.

***

The cuttings largely alluded to outré mental illnesses.

Výstrižky sa vo veľkej miere odvolávali na extrémne duševné choroby.

Outbreaks of group folly and mania in the spring of 1925.

Výbuchy skupinového šialenstva a mánie na jar roku 1925.

The first half of the manuscript told a very peculiar tale.

Prvá polovica rukopisu rozprávala veľmi zvláštny príbeh.

1925, the 1st of March, a thin dark young man came to my uncle.

1. marca 1925 prišiel k môjmu strýkovi chudý tmavovlasý mladý muž.

The manuscript describes his neurotic and excited aspect.

Rukopis opisuje jeho neurotický a vzrušený aspekt.

And he bore with him the strange bas-relief.

A niesol so sebou ten zvláštny basreliéf.

At that time the bas-relief was exceedingly damp and fresh.

V tom čase bol basreliéf mimoriadne vlhký a čerstvý.

His card bore the name of Henry Anthony Wilcox.

Na jeho vizitke bolo meno Henry Anthony Wilcox.

And my uncle had slightly recognized who he was.

A môj ujo ho už trochu spoznal.

He was the youngest son of an excellent family.

Bol najmladším synom z vynikajúcej rodiny.

Latterly he had been studying sculpture at Rhode Island.

Neskôr študoval sochárstvo na Rhode Islande.

He lived alone at the Fleur-de-Lys Building.

Býval sám v budove Fleur-de-Lys.

His residences were near the university.

Jeho rezidencia sa nachádzala v blízkosti univerzity.

Wilcox was a precocious youth of known genius.

Wilcox bol predčasne vyspelý mladík, známy ako geniálny.

But he was also known for his great eccentricity.

Bol však známy aj svojou veľkou výstrednosťou.

From childhood he had excited the attention of others.

Od detstva pútal pozornosť ostatných.

He told of strange stories no one had told him about.

Rozprával zvláštne príbehy, o ktorých mu nikto predtým nepovedal.

And he was in the habit of relating strange dreams.
A mal vo zvyku rozprávať zvláštne sny.
He described himself as "psychically hypersensitive".
Opísal sa ako „psychicky precitlivený".
But those around him had other descriptions for him.
Ale ľudia okolo neho mali pre neho iné opisy.
They were staid folk of the ancient commercial city.
Boli to usedlí ľudia zo starobylého obchodného mesta.
And they dismissed him as merely strange and "queer".
A odmietli ho ako obyčajného čudného a „čudného".
And so he never mingled much with his kind.
A tak sa nikdy veľmi nemiešal so svojím druhom.
And he had dropped gradually from social visibility.
A postupne sa vytrácal zo spoločenskej viditeľnosti.
Now he is known only to a small group of esthetes.
Teraz je známy len malej skupine estétov.
And those who knew him came mostly from other towns.
A tí, ktorí ho poznali, pochádzali väčšinou z iných miest.
Even the Providence art club had found him quite hopeless.
Dokonca aj umelecký klub v Providence ho považoval za
úplne beznádejného.
Of course they were anxious to preserve their conservatism.
Samozrejme, snažili sa zachovať si konzervatívnosť.

***

The professor's manuscript continued to describe the visit.
Profesorov rukopis ďalej opisoval návštevu.
The sculptor abruptly asked for his host's archeological
knowledge.
Sochár sa prudko opýtal svojho hostiteľa na archeologické
znalosti.
He wanted him to identify the hieroglyphics on the bas-
relief.
Chcel, aby identifikoval hieroglyfy na basreliéfe.
He spoke in a dreamy and rather stilted manner.
Hovoril zasnene a trochu strnulo.

His speech suggested pose and alienated sympathy.
Jeho prejav naznačoval pózu a odcudzený súcit.
And my uncle showed some sharpness in his reply.
A môj ujo vo svojej odpovedi prejavil určitú ostrosť.
Because the bas-relief was still conspicuously freshness.
Pretože basreliéf bol stále nápadne svieži.
So there was no need for any kinship with archeology.
Takže nebolo potrebné žiadne prepojenie s archeológiou.
Young Wilcox's rejoinder was of a fantastically poetic cast.
Mladá Wilcoxova odpoveď mala fantasticky poetický nádych.
My uncle must have been impressed with the reply.
Na môjho strýka musela odpoveď urobiť dojem.
And he recorded the reply of Wilcox verbatim.
A Wilcoxovu odpoveď zaznamenal doslovne.
"The bas-relief is indeed still conspicuously fresh."
„Basreliéf je skutočne stále nápadne čerstvý.“
"Because I made this bas-relief last night, after a dream."
„Pretože som tento basreliéf urobil včera v noci, po sne.“
"A dream of strange cities and stranger people."
„Sen o cudzích mestách a cudzích ľuďoch.“
"And dreams are older than brooding Tyros."
„A sny sú staršie ako zamyslený Tyros.“
"Dreams are older than the contemplative Sphinx."
„Sny sú staršie ako kontemplatívna Sfinga.“
"And dreams are older than the garden-girdled Babylon."
„A sny sú staršie než záhradami opásaný Babylon.“
This type of speech turned out to be characteristic of him.
Tento typ reči sa ukázal byť pre neho charakteristický.
It was then that he began that rambling tale.
Vtedy začal rozprávať ten rozvláčny príbeh.
The tale which suddenly played upon a sleeping memory.
Príbeh, ktorý zrazu oživil spiacu spomienku.
The tale that won the fevered interest of my uncle.
Príbeh, ktorý si získal horúčkovitý záujem môjho strýka.

***

There had been a slight earthquake tremor the night before.
Predchádzajúcu noc došlo k miernemu zemetraseniu.
The most considerable tremor New England had felt for some years.
Najvýraznejšie otrasy, aké Nové Anglicko pocítilo za niekoľko rokov.
Wilcox's imagination had been keenly affected by the earthquake.
Wilcoxovu predstavivosť zemetrasenie silne ovplyvnilo.
He had had an unprecedented dream of great Cyclopean cities.
Mal nebývalý sen o veľkých kyklopských mestách.
He dreamed of Titan blocks and sky-flung monoliths.
Snival o titánových blokoch a monolitoch visiacich do neba.
All the architecture was dripping with green ooze.
Celá architektúra bola presiaknutá zeleným slizom.
And his dreams were sinister with latent horror.
A jeho sny boli zlovestné a plné skrytej hrôzy.
Hieroglyphics had covered the walls and pillars.
Steny a stĺpy pokrývali hieroglyfy.
From somewhere underneath there came a sound.
Niekde zospodu sa ozval zvuk.
The sound was of a voice, but it was not a voice.
Zvuk patril hlasu, ale nebol to hlas.
A chaotic sensation which only fancy could transmute into sound.
Chaotický pocit, ktorý len fantázia dokázala premeniť na zvuk.
He attempted to say the almost unpronounceable word.
Pokúsil sa povedať takmer nevysloviteľné slovo.
A jumble of unlikely letters; "Cthulhu fhtagn".
Zmätok nepravdepodobných písmen; „Cthulhu fhtagn".
This verbal jumble was the key to my uncle's recollection.
Táto slovná zmätočnosť bola kľúčom k spomienkam môjho strýka.
This strange sound excited and disturbed Professor Angell.
Tento zvláštny zvuk profesora Angella vzrušil a znepokojil.

He questioned the sculptor with scientific minuteness.
S vedeckou detailnosťou sa sochára pýtal.
He studied the bas-relief with almost frantic intensity.
Študoval basreliéf s takmer zúfalou intenzitou.
My uncle blamed his old age, Wilcox afterward said.
Môj strýko za to vinil svoj vek, povedal neskôr Wilcox.
In his younger days he would have recognized the hieroglyphics.
V mladosti by rozpoznal hieroglyfy.
The pictorial design wouldn't have puzzled his sharper mind.
Obrazový návrh by jeho bystrejšiu myseľ nezmiatol.
Many of his questions seemed highly out of place to his visitor.
Mnohé z jeho otázok sa návštevníkovi zdali veľmi nemiestne.
He tried to connect him to strange mythological cults.
Snažil sa ho spojiť s podivnými mytologickými kultmi.
He tried to get him to admit affiliation to secret societies.
Snažil sa ho prinútiť, aby priznal členstvo v tajných spoločnostiach.
My uncle even promised to keep his visitor's secret.
Môj ujo dokonca sľúbil, že zachová tajomstvo svojho návštevníka.
"Are you not part of a widespread mystical group?"
„Nie si súčasťou nejakej rozsiahlej mystickej skupiny?"
"Are you not a member of a paganly religious body?"
„Nie si členom pohanského náboženského spoločenstva?"
Eventually he became convinced the sculptor wasn't a member.
Nakoniec sa presvedčil, že sochár nebol členom.
He was indeed ignorant of any cult or system of cryptic lore.
V skutočnosti nevedel o žiadnom kulte ani systéme kryptického učenia.
He besieged his visitor with demands for future reports of dreams.
Obliehal svojho návštevníka požiadavkami na budúce správy o snoch.

This strange request bore regular and interesting fruit.
Táto zvláštna žiadosť prinášala pravidelné a zaujímavé ovocie.

***

After the first interview the manuscript records daily calls.
Po prvom rozhovore rukopis zaznamenáva denné hovory.
He related startling fragments of nocturnal imagery.
Vyrozprával prekvapujúce fragmenty nočných obrazotvorností.
There were always the same themes in his dreams.
V jeho snoch sa vždy vyskytovali tie isté témy.
A terrible Cyclopean vista of dark and dripping stone.
Strašný kyklopský výhľad na tmavý a kvapkajúci kameň.
A subterranean voice or intelligence shouting monotonously.
Podzemný hlas alebo inteligencia kričiaca monotónne.
Two sounds seemed to repeat themselves in his dreams.
V jeho snoch sa zdalo, že sa opakujú dva zvuky.
But these sounds were as enigmatic as the other sounds.
Ale tieto zvuky boli rovnako záhadné ako ostatné zvuky.
The sounds can only be rendered by the letters "Cthulhu" and "R'lyeh".
Zvuky je možné vysloviť iba písmenami „Cthulhu" a „R'lyeh".
On March 23rd, the manuscript continued, Wilcox failed to come.
Rukopis pokračoval, že 23. marca Wilcox neprišiel.
My uncle made inquiries at the quarters of his whereabouts.
Môj strýko sa v ubytovni vypytoval, kde sa nachádza.
That night he had been stricken with an obscure sort of fever.
V tú noc ho postihla nejaká nejasná horúčka.
And he was taken to the home of his family in Waterman Street.
A odviezli ho do domu jeho rodiny na Waterman Street.
That night he had cried out in one of his dreams.

V tú noc kričal v jednom zo svojich snov.
His cries aroused several other artists in the building.
Jeho výkriky vyburcovali niekoľko ďalších umelcov v budove.
And he was between alternations of unconsciousness and delirium.
A striedavo sa pohyboval medzi bezvedomím a delíriom.
My uncle at once telephoned the family of Wilcox.
Môj strýko okamžite zavolal rodine Wilcoxovcov.
And from that time forward he kept close watch of the case.
A odvtedy prípad pozorne sledoval.
He called often at the Thayer Street office of Dr. Tobey.
Často navštevoval ordináciu Dr. Tobeyho na Thayer Street.
Dr. Tobey was in charge of the patient's condition.
Doktor Tobey mal na starosti stav pacienta.
The youth's febrile mind was dwelling on strange things.
Mladíkova horúčkovitá myseľ sa zaoberala zvláštnymi vecami.
The doctor shuddered now and then as he spoke of the dreams.
Doktor sa pri rozprávaní o snoch občas striasol.
The dreams repeated a lot of the earlier themes.
Sny opakovali veľa skorších tém.
But now his dreams made mention of something new.
Ale teraz sa jeho sny zmieňovali o niečom novom.
A gigantic thing "a miles high" which walked, or lumbered about.
Gigantická vec „vysoká míľu", ktorá kráčala alebo sa ťažko pohybovala.
He at no time fully described this object in any detail.
Tento objekt nikdy úplne a podrobne neopísal.
But Dr. Tobey relayed the frantic words of his patient.
Ale Dr. Tobey odovzdal zúfalé slová svojho pacienta.
And the professor became increasingly certain of what it was.
A profesor si bol čoraz viac istý, čo to je.
The nameless monstrosity he had sought to depict in his sculpture.

Bezmenná obluda, ktorú sa snažil zobraziť vo svojej soche.

The doctor had mentioned the bas-relief he had made.

Doktor spomenul basreliéf, ktorý vyhotovil.

This mention preludes the young man's subsidence into lethargy.

Táto zmienka predznamenáva mladý mužov upadnutie do letargie.

His temperature, oddly enough, was not greatly above normal.

Jeho teplota, dosť zvláštne, nebola výrazne nad normálnou hodnotou.

But his general condition suggested he was in a fever.

Jeho celkový stav však naznačoval, že má horúčku.

A fever, as opposed to being in the grasp of a mental disorder.

Horúčka, na rozdiel od stavu, keď ste v zovretí duševnej poruchy.

***

On April 2nd at about 3 p.m. the fever came to an end.

2. apríla okolo 15:00 horúčka ustúpila.

Every trace of Wilcox's malady suddenly ceased.

Každá stopa po Wilcoxovej chorobe náhle zmizla.

He sat upright in bed as if waking up from regular sleep.

Sedel vzpriamene v posteli, akoby sa zobudil z bežného spánku.

He was astonished to find himself at his parents' home.

Bol prekvapený, keď sa ocitol v dome svojich rodičov.

And he was completely ignorant of what had happened.

A on vôbec nevedel, čo sa stalo.

Neither dream nor reality had made an impression on his mind.

Ani sen, ani realita neurobili v jeho mysli dojem.

Dr. Tobey pronounced him fit to be dismissed from his care.

Dr. Tobey ho vyhlásil za spôsobilého na prepustenie z opatery.

And he returned to his quarters three days later.

A o tri dni sa vrátil do svojej izby.

But to Professor Angell he was of no further assistance.

Ale profesorovi Angellovi už viac nepomohol.

All traces of strange dreaming had vanished with his recovery.

Všetky stopy po zvláštnych snoch zmizli s jeho uzdravením.

For a week he recounted irrelevant and thoroughly usual visions.

Týždeň rozprával irelevantné a úplne bežné vízie.

And my uncle kept no further record of his night-thoughts.

A môj strýko si už viac nezaznamenával svoje nočné myšlienky.

At this point the first part of the manuscript ended.

V tomto bode sa prvá časť rukopisu skončila.

But my research was still anything but concluded.

Ale môj výskum stále nebol uzavretý.

References to scattered notes helped piece things together.

Odkazy na roztrúsené poznámky pomohli dať veci dokopy.

And there was more than enough material for thought.

A materiálu na zamyslenie bolo viac než dosť.

My distrust of the artist had still not subsided.

Moja nedôvera voči umelcovi stále neustupovala.

But this was largely a result of my ingrained skepticism.

Ale to bolo do značnej miery dôsledkom môjho zakoreneného skepticizmu.

The notes described the dreams of various persons.

Poznámky opisovali sny rôznych ľudí.

These dreams all occurred while young Wilcox was in his fever.

Všetky tieto sny sa snívali, keď mal mladý Wilcox horúčku.

My uncle, it seems, wasted no time in collecting the data.

Zdá sa, že môj ujo nestrácal čas zhromažďovaním údajov.

He had quickly instituted a prodigiously far-flung body of inquiries.

Rýchlo začal ohromne rozsiahle vyšetrovanie.

Any friend that didn't show impertinence he questioned.

Každého priateľa, ktorý neprejavoval drzosť, vypočúval.
He requested from them nightly reports of their dreams.
Žiadal od nich nočné správy o ich snoch.
And he asked if they had had any notable visions of late.
A spýtal sa, či mali v poslednej dobe nejaké pozoruhodné vízie.
The reception of his request seems to have been varied.
Zdá sa, že prijatie jeho žiadosti bolo rôzne.
But there was certainly no shortage in replies.
Ale o odpovede určite núdza nebola.
No ordinary man could have handled the replies alone.
Žiaden bežný človek by si s odpoveďami neporadil sám.
The original correspondences were not preserved.
Pôvodné korešpondencie sa nezachovali.
But his notes formed a thorough and significant digest.
Jeho poznámky však tvorili dôkladný a zmysluplný súhrn.

***

Initially he had approached average people in society.
Spočiatku oslovoval priemerných ľudí v spoločnosti.
New England's traditional "salt of the earth".
Tradičná „soľ zeme" Nového Anglicka.
But this group gave an almost completely negative result.
Ale táto skupina priniesla takmer úplne negatívny výsledok.
Though there were some exceptions to this group too.
Hoci aj v tejto skupine existovali výnimky.
Scattered cases of uneasy but formless nocturnal impressions.
Roztrúsené prípady nepokojných, ale beztvarých nočných dojmov.
Their reports were always between March 23rd and April 2nd.
Ich správy boli vždy medzi 23. marcom a 2. aprílom.
This aligned with the same period of young Wilcox's delirium.

Toto sa zhodovalo s rovnakým obdobím delíria mladého Wilcoxa.

Men of science had been only a little more affected.

Vedci boli postihnutí len o niečo viac.

Though four cases of vague description were of interest.

Hoci štyri prípady s vágnym popisom boli zaujímavé.

They had had fugitive glimpses of strange landscapes.

Mali letmé pohľady na zvláštne krajiny.

And in one case a dread of something abnormal was mentioned.

A v jednom prípade sa spomínal strach z niečoho abnormálneho.

It was from the artists and poets that the pertinent answers came.

Práve od umelcov a básnikov prišli relevantné odpovede.

It is a blessing no one had been able to compare notes.

Je to požehnanie, že si nikto nemohol porovnať poznámky.

Panic would have broken loose had they shared their visions.

Keby sa podelili o svoje vízie, vypukla by panika.

This, however, did not dispel my ingrained skepticism.

To však nerozptýlilo môj zakorenený skepticizmus.

Others might have come to mythical conclusions much quicker.

Iní by mohli dospieť k mýtickým záverom oveľa rýchlejšie.

But the original letters were lacking from the notes.

Ale v poznámkach chýbali pôvodné listy.

I half suspected the compiler of having asked leading questions.

Takmer som mal podozrenie, že zostavovateľ kládol sugestívne otázky.

Or perhaps the correspondences weren't entirely original.

Alebo možno korešpondencia nebola úplne originálna.

Perhaps my uncle had resolved to confirm Wilcox's dreams.

Možno sa môj strýko rozhodol potvrdiť Wilcoxove sny.

That is why I continued to feel suspicious of the sculptor.

Preto som voči sochárovi stále cítil podozrenie.

Perhaps he was still cognizant of my uncle's old data.
Možno si bol stále vedomý starých údajov môjho strýka.
Perhaps he had been imposing on the veteran scientist.
Možno sa na skúseného vedca vnucoval.
Nonetheless, the corroborating data had to be investigated.
Napriek tomu bolo potrebné preskúmať potvrdzujúce údaje.

***

The responses from the esthetes told a disturbing tale.
Reakcie estétov rozprávali znepokojujúci príbeh.
From February 28th to April 2nd their dreams aligned.
Od 28. februára do 2. apríla sa ich sny zhodovali.
**And a large proportion of them had dreamed very bizarre
things.**
A veľká časť z nich snívala o veľmi bizarných veciach.
**The timing of the intensity of their dreams was also of
interest.**
Zaujímavé bolo aj načasovanie intenzity ich snov.
The period of the sculptor's delirium marked a highpoint.
Obdobie sochárovho delíria znamenalo vrchol.
**The intensity of their dreams were immeasurably the
stronger.**
Intenzita ich snov bola neporovnateľne silnejšia.
**Over a quarter reported unfamiliar and unpronounceable
sounds.**
Viac ako štvrtina uviedla neznáme a nevysloviteľné zvuky.
Noises not dissimilar to what Wilcox had also described.
Zvuky nie nepodobné tým, ktoré opísal aj Wilcox.
**Some described highly elaborate and impossible
architecture.**
Niektorí opisovali veľmi prepracovanú a nemožnú
architektúru.
And some of the dreamers confessed to an acute fear.
A niektorí zo snívajúcich priznali akútny strach.
Like Wilcox, they had seen some gigantic nameless thing.

Rovnako ako Wilcox, aj oni videli niečo gigantické a
bezmenné.
**One case, which the note describes with emphasis, was very
sad.**
Jeden prípad, ktorý poznámka opisuje s dôrazom, bol veľmi
smutný.
The subject was a widely known architect of the region.
Predmetom bol všeobecne známy architekt regiónu.
He too had leanings toward theosophy and occultism.
Aj on mal sklony k teozofii a okultizmu.
This man went violently insane on March the 22nd.
Tento muž sa 22. marca prudko zbláznil.
The exact same date of young Wilcox's seizure.
Presne ten istý dátum ako záchvat mladého Wilcoxa.
He expired several months later, after incessant screaming.
O niekoľko mesiacov neskôr zomrel po neustálom kriku.
He begged to be saved from some escaped denizen of hell.
Prosil o záchranu pred nejakým uniknutým obyvateľom
pekla.
Regrettably, my uncle did not refer to these cases by name.
Žiaľ, môj ujo tieto prípady nespomenul menovite.
Instead, all studies were given nothing more than a number.
Namiesto toho všetky štúdie nedostali nič viac ako číslo.
**This way I was limited in attempting any personal
investigation.**
Takto som bol obmedzený v pokusoch o akékoľvek osobné
vyšetrovanie.
And corroborating the evidence further was demanding.
A ďalšie potvrdenie dôkazov bolo náročné.
But finally I did succeed in tracing down some cases.
Ale nakoniec sa mi podarilo vypátrať niektoré prípady.
I should have trusted the notes from my uncle.
Mal som veriť poznámkam od strýka.
They reported their dreams true to their reports.
Uviedli, že ich sny sú verné ich správam.
**I have often wondered what they thought the questioning
meant.**

Často som sa zamýšľal nad tým, čo si mysleli, že to vypočúvanie znamená.

It is for the best that no explanation shall ever reach them.

Je najlepšie, ak sa k nim nikdy nedostane žiadne vysvetlenie.

***

As I have mentioned, my uncle also collected press clippings.

Ako som už spomenul, môj ujo zbieral aj výstrižky z tlače.

These press clippings corresponded to the dates in question.

Tieto výstrižky z tlače zodpovedali príslušným dátumom.

The sources were scattered throughout the globe.

Zdroje boli roztrúsené po celom svete.

Professor Angell must have employed a cutting bureau.

Profesor Angell musel zamestnať strihaciu kanceláriu.

Because the number of extracts was tremendous.

Pretože počet výňatkov bol obrovský.

There was a parallel to this part of his research.

S touto časťou jeho výskumu existovala paralela.

Cases of panic, mania, and eccentricity.

Prípady paniky, mánie a excentricity.

One case was a nocturnal suicide in London.

Jedným z prípadov bola nočná samovražda v Londýne.

A lone sleeper had leaped from a window after a shocking cry.

Osamelý spiaci človek vyskočil z okna po šokujúcom výkriku.

A rambling letter to the editor of a paper in South America.

Rozvláčny list redaktorovi novín v Južnej Amerike.

A fanatic deduces a dire future from visions he had had.

Fanatik si z vízií, ktoré mal, vyvodzuje hroznú budúcnosť.

A dispatch from California describes a theosophist colony.

Správa z Kalifornie opisuje teozofickú kolóniu.

They donned white robes en masse for some "glorious fulfilment".

Hromadne si obliekli biele rúcha pre nejaké „slávne naplnenie".

Although that "glorious fulfilment" never arose.

Hoci k tomuto „slávnemu naplneniu" nikdy nedošlo.

There seems to be serious unrest from the natives in India.

Zdá sa, že domorodci v Indii prejavujú vážne nespokojnosť.

Voodoo orgies multiplied in Haiti.

Na Haiti sa rozmnožili voodoo orgie.

African outposts report ominous mutterings.

Africké základne hlásia zlovestné šepkania.

American officers in the Philippines find certain tribes bothersome.

Americkí dôstojníci na Filipínach považujú niektoré kmene za obťažujúce.

New York policemen are mobbed by hysterical Levantines.

Newyorských policajtov obklopujú hysterickí Levantíni.

This occurred exactly on the night of March 22-23.

Stalo sa to presne v noci z 22. na 23. marca.

The west of Ireland, too, was full of wild rumor and legendry.

Aj západ Írska bol plný divokých klebiet a legiend.

A fantastic painter named Ardois-Bonnot made the news in France.

Fantastický maliar menom Ardois-Bonnot sa dostal do správ vo Francúzsku.

He hung a blasphemous dream landscape in the Paris spring salon.

V parížskom jarnom salóne zavesil rúhavú krajinu snov.

The recorded troubles in insane asylums were immeasurable.

Zaznamenané problémy v ústavoch pre duševne chorých boli nezmerateľné.

A miracle must have kept the medical fraternities unsuspecting.

Lekárske komunity musel zázrak udržať v neistote.

But they never noted the strange parallelisms of the cases.

Nikdy si však nevšimli zvláštne paralely medzi prípadmi.

Else they too would have come to mystified conclusions.

Inak by aj oni dospeli k zmäteným záverom.

I must confess these were indeed a set of weird paper cuttings.

Musím priznať, že to bola naozaj sada čudných papierových výstrižkov.

My uncle had put forward a convincing argument.

Môj ujo predložil presvedčivý argument.

I can't explain how I set the evidence aside.

Neviem vysvetliť, ako som dôkazy odložil bokom.

But my callous rationalism took the upper hand.

Ale môj bezcitný racionalizmus prevzal prevahu.

And I was still suspicious of the young sculptor, Wilcox.

A stále som mal podozrenie voči mladému sochárovi Wilcoxovi.

He must have known of the older matters mentioned by the professor.

Musel vedieť o starších záležitostiach, ktoré spomenul profesor.

<h1 align="center">The Tale of Inspecter Legrasse</h1>
Príbeh inšpektora Legrasseho

Let me turn your attention away from the young sculptor.

Dovoľte mi, aby som odvrátil vašu pozornosť od mladého sochára.

And let us focus on the second half of the manuscript.

A zamerajme sa na druhú polovicu rukopisu.

A few dreams alone would not have been so significant.

Len zopár snov by nebolo až takých významných.

The bas-relief could have been dismissed as a hoax.

Basreliéf sa dal zamietnuť ako podvod.

But my uncle had previously been primed to take interest.

Ale môj ujo bol predtým pripravený prejaviť záujem.

Wilcox's dream seemed to have a link to past events.

Wilcoxov sen akoby súvisel s minulými udalosťami.

It wasn't the first time that he had heard that word.

Nebolo to prvýkrát, čo počul to slovo.

The ominous syllables perhaps written as "Cthulhu".

Zlovestné slabiky možno napísané ako „Cthulhu".

He had seen and heard of similar descriptions before.

Už predtým videl a počul podobné opisy.

The hellish outlines of the nameless monstrosity.

Pekelné obrysy bezmennej obludy.

He had previously puzzled over the same hieroglyphics.

Predtým si lámal hlavu nad rovnakými hieroglyfmi.

All this produced a horrible connection of events.

To všetko vytvorilo hroznú súvislosť udalostí.

It is no wonder he pursued young Wilcox with queries.

Niet divu, že mladého Wilcoxa prenasledoval otázkami.

And we must not be surprised he interrogated Wilcox so.

A nesmieme byť prekvapení, že Wilcoxa takto vypočúval.

This earlier experience had come in the year of 1908.

Táto skoršia skúsenosť sa stala v roku 1908.

Seventeen years before Wilcox came to my great-uncle.

Sedemnásť rokov predtým, ako Wilcox prišiel k môjmu prastrýkovi.

The archeological society were meeting in St. Louis.
Archeologická spoločnosť sa stretávala v St. Louis.
Professor Angell had a prominent part in the deliberations.
Profesor Angell zohral v rokovaniach významnú úlohu.
His responsibilities befitted one of his authority.
Jeho zodpovednosti zodpovedali človeku s jeho autoritou.
**He was one of the first to be approached by several
outsiders.**
Bol jedným z prvých, ku ktorému sa priblížilo niekoľko
cudzincov.
They took advantage of the convocation to offer questions.
Využili zhromaždenie na kladenie otázok.
They hoped for correct answering from an expert.
Dúfali v správnu odpoveď od odborníka.
They each had very peculiar types of problems.
Každý z nich mal veľmi špecifické problémy.
And they required very different types of solutions.
A vyžadovali si veľmi odlišné typy riešení.
The chief of these was a common-looking middle-aged man.
Hlavným z nich bol obyčajný muž stredného veku.
And he quickly became the meeting's focus of interest.
A rýchlo sa stal stredobodom záujmu stretnutia.

***

He had traveled to St. Louis all the way from New Orleans.
Cestoval do St. Louis až z New Orleans.
He had come to the meeting for special information.
Prišiel na stretnutie kvôli špeciálnym informáciám.
Knowledge that could not be unobtained from local source.
Vedomosti, ktoré sa nedali získať z lokálnych zdrojov.
His name was John Raymond Legrasse, police inspector.
Volal sa John Raymond Legrasse a bol policajným
inšpektorom.
He bore with him the mysterious subject of his inquiries.
Niesol so sebou tajomný predmet svojho bádania.
A grotesque and apparently very ancient stone statuette.

Groteskná a zjavne veľmi starobylá kamenná soška.

A statuette whose origin no one had been able to determine.

Soška, ktorej pôvod nikto nedokázal určiť.

But don't assume Inspector Legrasse was an archeologist.

Ale nepredpokladajte, že inšpektor Legrasse bol archeológ.

He had very little interest in archeology, nor mythology.

Mal veľmi malý záujem o archeológiu ani mytológiu.

His wish for enlightenment had rather different motivations.

Jeho túžba po osvietení mala dosť odlišné motivácie.

He was prompted to come by purely professional considerations.

K príchodu ho prinútili čisto profesionálne úvahy.

The statuette had been captured as part of a police raid.

Soška bola zaistená počas policajnej razie.

Although whether it was even a statuette wasn't determined.

Hoci sa nestanovilo, či išlo vôbec o sošku.

It could also have been an idol, magic fetish, or charm.

Mohlo to byť aj idol, magický fetiš alebo amulet.

Whatever it was, it had been captured some months previously.

Nech to bolo čokoľvek, bolo to zajaté pred niekoľkými mesiacmi.

A meeting was being held in the wooded swamps of New Orleans.

V zalesnených močiaroch New Orleans sa konalo stretnutie.

The police had been tipped of about a supposed voodoo meeting.

Polícia bola informovaná o údajnom stretnutí voodoo.

Strange and hideous rites connected with the voodoo circle.

Zvláštne a ohavné rituály spojené s kruhom voodoo.

The police could not but realize what they had stumbled on.

Polícia si nemohla neuvedomiť, na čo narazila.

A dark cult previously totally unknown to the authorities.

Temný kult, ktorý bol predtým úradom úplne neznámy.

Infinitely more sinister than what an outsider could expect.

Nekonečne zlovestnejšie, než by si mohol cudzinec odpustiť.

More diabolic than the blackest of the African voodoo circles.

Diabolskejšie než najčiernejší z afrických voodoo kruhov.

Unbelievable tales were extorted from the captured cult members.

Od zajatých členov kultu boli vynútené neuveriteľné príbehy.

But nothing of the relic's origin could be discovered.

O pôvode relikvie sa však nič nezistilo.

Hence the anxiety of the police for any antiquarian lore.

Preto má polícia obavy z akýchkoľvek starožitných náučných poznatkov.

Ancient mythology might explain the frightful symbol.

Staroveká mytológia by mohla vysvetliť tento desivý symbol.

Deeper knowledge could perhaps track the fountain-head.

Hlbšie znalosti by možno mohli vystopovať prameň.

Inspector Legrasse was not prepared for the excitement he created.

Inšpektor Legrasse nebol pripravený na rozruch, ktorý vyvolal.

One sight of the mysterious object was all that was required.

Stačil jeden pohľad na záhadný objekt.

The assembled men of science were filled with curiosity.

Zhromaždení vedci boli plní zvedavosti.

They lost no time in crowding closely around the inspector.

Nestrácali čas a tesne sa zhromaždili okolo inšpektora.

And they all tried to get the best look at the diminutive figure.

A všetci sa snažili čo najlepšie si pozrieť drobnú postavu.

***

The genuinely abysmal antiquity inspired wild imagination.

Skutočne priepastná starobylosť podnietila bujnú fantáziu.

The strangeness hinted so potently at unopened and archaic vistas.

Tá zvláštnosť tak silno naznačovala neotvorené a archaické výhľady.

No recognized school of sculpture had animated this terrible object.

Žiadna uznávaná sochárska škola neoživila tento hrozný objekt.

Yet centuries seemed recorded in the dim and greenish surface.

Napriek tomu sa zdalo, že stáročia sú zaznamenané v matnom a zelenkastom povrchu.

Perhaps thousands of years were hidden in this unplaceable stone.

Možno sa v tomto neumiestniteľnom kameni ukrývali tisíce rokov.

The figurine was finally passed slowly from man to man.

Figúrka sa nakoniec pomaly odovzdávala z muža na muža.

Each scientist carefully studied the strange markings of the stone.

Každý vedec starostlivo študoval zvláštne znaky na kameni.

The work was between seven and eight inches in height.

Dielo malo výšku sedem až osem palcov.

And the exquisite artistic workmanship must be noted.

A treba poznamenať aj vynikajúce umelecké spracovanie.

The carvings represented a monster of vaguely anthropoid outline.

Rezby predstavovali monštrum s nejasne antropoidnými obrysmi.

On the face of the octopus-esque head was a mass of feelers.

Na tvári hlavy pripomínajúcej chobotnicu bola masa tykadiel.

Prodigious claws on hind and fore feet protruded from the body.

Z tela vyčnievali obrovské pazúry na zadných a predných labkách.

The bloated corpulence had a rubbery looking quality to it.

Nafúknutá korpulencia mala gumený vzhľad.

And from behind the rubbery body came out two narrow wings.

A spoza gumového tela vyšli dve úzke krídla.

It would be instinctual to think of this thing as fearsome.

Bolo by inštinktívne považovať túto vec za desivú.
There was an unnatural malignancy to the aura of the creature.
Aura tvora mala neprirodzenú zlobu.
The gargantuan squatted evilly on a rectangular block.
Obrovský mohutný človek si zlovestne čupol na obdĺžnikovom bloku.
The pedestal it was on was covered with undecipherable characters.
Podstavec, na ktorom stál, bol pokrytý nerozlúštiteľnými znakmi.
The tips of the wings touched the back edge of the block.
Špičky krídel sa dotýkali zadného okraja bloku.
The creature was sitting on the middle of the giant block.
Tvor sedel uprostred obrovského bloku.
Its legs were doubled up under its monstrous body.
Jeho nohy boli skrčené pod jeho obludným telom.
The long, curved claws gripped the front edge of the cliff.
Dlhé, zakrivené pazúry zvierali predný okraj útesu.
The cephalopod head was bent forward, observing its kingdom.
Hlava hlavonožca bola sklonená dopredu a pozorovala svoje kráľovstvo.
The ends of the facial feelers brushed the backs of huge forepaws.
Konce tvárových hmatov sa dotýkali chrbtov obrovských predných labiek.
And the forepaws clasped the croucher's elevated knees.
A predné laby zvierali zdvihnuté kolená čupiaceho.
The appearance of the grotesque scene was abnormally lifelike.
Vzhľad grotesknej scény bol nezvyčajne realistický.
But this lifelike quality only added a subtle reason to be more fearful.
Ale táto realistická vlastnosť len pridala nenápadný dôvod na väčší strach.
Because we knew nothing about the source of the depiction.

Pretože sme o zdroji zobrazenia nič nevedeli.

The creature's vast, awesome, and incalculable age was unmistakable.

Obrovský, úžasný a nevypočítateľný vek tvora bol nepochybný.

But not one link did the depiction show with any known type of art.

Ale ani jedna súvislosť medzi zobrazením a žiadnym známym druhom umenia nebola.

Not even the earliest civilizations made reference to this creature.

Ani najstaršie civilizácie sa o tomto tvorovi nezmienili.

But that is not the only point at which our knowledge failed us.

Ale to nie je jediný bod, v ktorom nás naše vedomosti sklamali.

***

The mineralogy of the stone was also a complete mystery.

Mineralogické zloženie kameňa bolo tiež úplnou záhadou.

Gold specks dotted the soapy, greenish-black stone.

Mydlový, zeleno-čierny kameň bol posiaty zlatými bodkami.

Iridescent striations ran along the length of the stone.

Pozdĺž kameňa sa tiahli dúhové pruhy.

In short, the stone resembled nothing within mineralogy.

Skrátka, kameň sa v mineralógii nepodobal ničomu.

Geologists hadn't been able to identify the stone either.

Ani geológovia nedokázali kameň identifikovať.

The hieroglyphs along the stone were equally baffling.

Hieroglyfy pozdĺž kameňa boli rovnako mätúce.

The writing system was horribly different than other scripts.

Systém písania sa strašne líšil od iných písiem.

A representation of half the world's leading experts was present.

Prítomné bolo zastúpenie polovice popredných svetových odborníkov.

But no link to any known writing system could be established.

Ale nepodarilo sa preukázať súvislosť so žiadnym známym písmom.

Everything frightfully suggested an old and unhallowed cycle of life.

Všetko desivo naznačovalo starý a neposvätný kolobeh života.

A history in which our world and our conceptions played no part.

Dejiny, v ktorých náš svet a naše predstavy nehrali žiadnu úlohu.

The experts shook their heads, admitting they had been defeated.

Odborníci krútili hlavami a priznali, že prehrali.

But one expert did not give up quite so quickly.

Ale jeden expert sa tak rýchlo nevzdal.

He claimed to have a touch of bizarre familiarity with the subject.

Tvrdil, že má v tejto téme až zvláštne znalosti.

The monstrous shape and writing weren't entirely new to him.

Monštruózny tvar a písmo pre neho neboli úplne nové.

With some diffidence he told of the odd trifle he knew.

S istou ostýchavosťou rozprával o zvláštnej maličkosti, ktorú poznal.

This person was the late William Channing Webb.

Touto osobou bol zosnulý William Channing Webb.

He was professor of anthropology in Princeton University.

Bol profesorom antropológie na Princetonskej univerzite.

And he was an explorer of no small significance.

A bol to bádateľ nemalého významu.

***

Forty-eight years ago he was exploring Greenland and Iceland.

Pred štyridsiatimi ôsmimi rokmi objavoval Grónsko a Island.

His group were in search of some Runic inscriptions.

Jeho skupina hľadala nejaké runové nápisy.

But the expedition failed to unearth any inscriptions.

Expedícii sa však nepodarilo objaviť žiadne nápisy.

They trekked the heights of West Greenland's coasts.

Zdolali vrcholky pobrežia západného Grónska.

Here they encountered a strange cult of degenerate Eskimos.

Tu narazili na zvláštny kult degenerovaných Eskimákov.

Their religion consisted of a form of devil-worship.

Ich náboženstvo pozostávalo z formy uctievania diabla.

And their rituals were deliberately bloodthirsty and repulsive.

A ich rituály boli zámerne krvilačné a odpudivé.

It was a faith of which other Eskimos knew little.

Bola to viera, o ktorej ostatní Eskimáci vedeli len málo.

Locals shuddered at the mention of their practices.

Miestni obyvatelia sa pri zmienke o ich praktikách striasli hrôzou.

They said their believes came from horribly ancient eons.

Povedali, že ich viera pochádza zo strašne starovekých eónov.

A time before the world as we know it now had ever been made.

Čas ešte predtým, ako bol stvorený svet, ako ho poznáme dnes.

There were human sacrifices and queer hereditary rituals.

Konali sa ľudské obety a zvláštne dedičné rituály.

And all their worship was directed at a supreme tornasuk.

A všetko ich uctievanie bolo zamerané na najvyššieho tornasuka.

Professor Webb had taken a phonetic copy from an aged angekok.

Profesor Webb si vzal fonetickú kópiu od starnúceho angekoka.

He had transcribed the wizard-priest's chants as best he could.

Prepísal spevy čarodejníka-kňaza, ako najlepšie vedel.

But currently these transcriptions weren't of prime significance.

Ale v súčasnosti tieto prepisy nemali prvoradý význam.

The cult had a cherished stone that they worshipped.

Kult mal vzácny kameň, ktorý uctievali.

They danced wildly when the aurora leaped over the ice cliffs.

Divoko tancovali, keď polárna žiara preskočila ľadové útesy.

And in the midst of their dance was the strange stone.

A uprostred ich tanca bol ten zvláštny kameň.

It was, the professor stated, a very crude bas-relief of stone.

Profesor uviedol, že to bol veľmi hrubý basreliéf z kameňa.

The stone comprised a hideous picture and some cryptic writing.

Kameň obsahoval ohavný obrázok a nejaké záhadné písmo.

And as far as he could tell this stone was a rough parallel.

A pokiaľ vedel, tento kameň bol zhruba rovnaký.

The stone had all the same essential features of bestial things.

Kameň mal všetky rovnaké základné vlastnosti ako zvieracie tvory.

The scientists received this data with suspense and astonishment.

Vedci prijali tieto údaje s napätím a úžasom.

Even Inspector Legrasse had quickly gained an interest in mythology.

Dokonca aj inšpektor Legrasse sa rýchlo začal zaujímať o mytológiu.

And he began at once to ply his informant with questions.

A okamžite začal svojho informátora zasypávať otázkami.

He had notes of the oral ritual of the cult-worshipers in the swamp.

Mal poznámky o ústnom rituáli uctievačov kultu v močiari.

He besought the professor to remember the diabolist Eskimos' chants.

Prosil profesora, aby si spomenul na diabolské eskimácke chorály.

There then followed an exhaustive comparison of details.
Potom nasledovalo vyčerpávajúce porovnanie detailov.
And there then followed a moment of really awed silence.
A potom nasledovala chvíľa naozaj úctyhodného ticha.
The Eskimo wizards and the Louisiana swamp-priests were worlds apart.
Eskimáčki čarodejníci a louisianskí močiarni kňazi boli úplne odlišní svety.
And yet there was a phrase the two hellish rituals had in common.
A predsa existovala fráza, ktorú mali tieto dva pekelné rituály spoločnú.
"Ph'nglui mglw'nafh Cthulhu R'lyeh wgah'nagl fhtagn."
"Ph'nglui mglw'nafh Cthulhu R'lyeh wgah'nagl fhtagn."

***

Legrasse had one advantage over Professor Webb.
Legrasse mal oproti profesorovi Webbovi jednu výhodu.
He had spoken to several of his mongrel prisoners.
Hovoril s niekoľkými zo svojich väzňov, krížencov.
Some of them had passed on the phrase's meaning.
Niektorí z nich odovzdali význam frázy ďalej.
"In his house at R'lyeh dead Cthulhu waits dreaming."
„Vo svojom dome v R'lyeh čaká a sníva mŕtvy Cthulhu.“
So the attention turned back to Inspector Legrasse.
Pozornosť sa teda opäť obrátila na inšpektora Legrassea.
And he was probed with many disconnected questions.
A bol mu kladený veľa nesúvisiacich otázok.
He detailed his experience with the worshipers from the swamp.
Podrobne opísal svoju skúsenosť s veriacimi z močiara.
My uncle attached profound significance to the story.
Môj ujo pripisoval tomuto príbehu hlboký význam.
The report savored of the wildest dreams of myth-makers.
Správa pripomínala najdivokejšie sny tvorcov mýtov.
Theosophists could not have provided more imagination.

Teozofovia nemohli poskytnúť viac predstavivosti.
But the philosophies came from unexpected sources.
Ale filozofie pochádzali z neočakávaných zdrojov.
Half-castes and pariahs told these fantastical stories.
Políčka a vyvrheli rozprávali tieto fantastické príbehy.
On November 1st, 1907, his chain of events unfolded.
1. novembra 1907 sa odohrala jeho séria udalostí.
The New Orleans police received desperate calls.
Polícia v New Orleans dostávala zúfalé volania.
They were called to the swamp and lagoon country to the south.
Boli povolaní do močiarnej a lagúnnej oblasti na juhu.
The settlers there were mostly primitive, but good-natured.
Osadníci tam boli väčšinou primitívni, ale dobromyseľní.
Most living by the swamp were descendants of Lafitte's men.
Väčšina ľudí žijúcich pri močiari boli potomkovia Lafittových mužov.
But now they were in the grip of stark terror.
Ale teraz ich zmocňovala krutá hrôza.
An unknown thing had stolen upon them in the night.
V noci sa k nim vkradla neznáma vec.
It was voodoo, apparently, that caused the disturbance.
Zrejme to bolo voodoo, čo spôsobilo ten nepokoj.
But it was a voodoo unlike the other forms of voodoo.
Ale bolo to voodoo na rozdiel od iných foriem voodoo.
Voodoo of a more terrible sort than they had ever known.
Voodoo hroznejšieho druhu, než aké kedy poznali.
Some of their women and children had disappeared.
Niektoré z ich žien a detí zmizli.
A malevolent drumming had begun its incessant beating.
Zlovestné bubnovanie začalo neprestajne biť.
Far and deep within those dark, black haunted woods.
Ďaleko a hlboko v tých temných, čiernych strašidelných lesoch.
There, where no dweller dared to ventured close to.
Tam, kam sa žiadny obyvateľ neodvážil priblížiť.

There were insane shouts and harrowing screams.
Ozývali sa šialené výkriky a desivé výkriky.
Soul-chilling chants and dancing devil-flames.
Mrazivé chorály a tancujúce diabolské plamene.
The messenger and his people could stand it no more.
Posol a jeho ľudia to už viac nemohli vydržať.
A body of twenty police set out in the late afternoon.
Neskoro popoludní sa na miesto vydala dvadsaťčlenná
policajná skupina.
And a shivering settler came with them as a guide.
A ako sprievodca s nimi prišiel trasúci sa osadník.

***

At the end of the passable road they alighted.
Na konci zjazdnej cesty vystúpili.
For miles and miles they splashed on in silence.
Kilometre a kilometre špliechali ďalej v tichosti.
And they went on through the terrible cypress woods.
A pokračovali cez hrozný cyprusový les.
Dark, dark woods in which day but almost never came.
Tmavé, tmavé lesy, v ktorom dni takmer nikdy neprišli.
Ugly roots set traps for them in the wet ground.
Škaredé korene im nastražia pasce v mokrej zemi.
Malignant hanging nooses of Spanish moss beset them.
Obklopujú ich zhubné visiace slučky španielskeho machu.
In the distance the settlement slowly came into sight.
V diaľke sa pomaly vynárala osada.
Hysterical dwellers ran out of the miserable huts.
Z úbohých chatrčí vybehli hysterickí obyvatelia.
They clustered around the group of bobbing lanterns.
Zhromaždili sa okolo skupiny pohupujúcich sa lampášov.
Far, far ahead the cause of all the fear could be heard.
Ďaleko, ďaleko vpredu bolo počuť príčinu všetkého strachu.
The muffled beat of drums was now faintly audible.
Tlmený úder bubnov bol teraz slabo počuteľný.
At times the wind shifted and revealed different sounds.

Vietor sa občas zmenil a ozýval sa iný zvuk.
Curdling shrieks were audible at infrequent intervals.
V zriedkavých intervaloch bolo počuť zrážajúce sa výkriky.
A reddish glare seemed to filter through the undergrowth.
Cez podrast sa zdalo prenikať červenkasté svetlo.
The settlers were reluctant to be left alone again.
Osadníci sa neradi nechali znova osamote.
But they point blank refused to move forwards either.
Ale oni sa tiež rázne odmietli pohnúť vpred.
So the inspector and his colleagues plunged on unguided.
Inšpektor a jeho kolegovia sa teda bez sprievodu vrhli ďalej.
And they went into the black arcades of horror.
A vošli do čiernych arkád hrôzy.
The region was one of traditionally evil repute.
Tento región mal tradične zlú povesť.
The lands were substantially unknown by white men.
Tieto územia boli bielym mužom prakticky neznáme.
Not many explorers had traversed those regions yet.
Tieto oblasti ešte neprekročilo veľa objaviteľov.
There were also legends of a hidden away lake.
Kolovali aj legendy o skrytom jazere.
A body of water still unglimpsed by mortal sight.
Vodná plocha stále neviditeľná pre smrteľný pohľad.
In the lake it was said there dwelt a strange creature.
Hovorilo sa, že v jazere býva zvláštny tvor.
A huge, formless white polypous thing with luminous eye.
Obrovská, beztvará biela polypozná vec so svietiacim okom.
And settlers whispered about bat-winged devils.
A osadníci šepkali o diabloch s netopierími krídlami.
They flew up out of caverns from the inner earth.
Vyleteli z jaskýň z vnútra Zeme.
And together the demons worship it at midnight.
A démoni ho spoločne uctievajú o polnoci.
They said it had been there before D'Iberville.
Povedali, že to tam bolo pred D'Ibervilleom.
They said it had been there before La Salle too.
Povedali, že to tam bolo aj pred La Salle.

They said it was there before the Native Americans.
Povedali, že to tam bolo pred pôvodnými Američanmi.
Perhaps it was even there before the wholesome beasts.
Možno to tam bolo ešte pred zdravými zvieratami.
It was a nightmare itself that made men dream.
Bola to sama o sebe nočná mora, ktorá nútila mužov snívať.
And to see the thing was the same as death.
A vidieť tú vec bolo to isté ako smrť.
And so they had enough warning to know to keep away.
A tak mali dostatok varovania, aby vedeli, že sa majú držať
ďalej.
Because it was indeed where they were warned it was.
Pretože to bolo skutočne tam, kde ich varovali.
The voodoo orgy was on the fringe of this abhorred area.
Voodoo orgie sa odohrávali na okraji tejto odpornej oblasti.
But the location was already bad enough by itself.
Ale samotná lokalita už bola dosť zlá.
The voodoo activities only added to the horror.
Voodoo aktivity len prispeli k hrôze.
Perhaps poetry could do justice to the noises heard.
Možno by poézia mohla vzdávať hold počutým zvukom.
Otherwise only madness would help one understand.
Inak by človeku pomohlo pochopiť len šialenstvo.
But Legrasse's plowed on through the black morass.
Ale Legrasse sa predieral cez čierne močiare.
The sound of the muffled drumming slowly crystalized.
Zvuk tlmeného bubnovania sa pomaly kryštalizoval.
And they continued steadily towards the red glare.
A vytrvalo pokračovali smerom k červenej žiare.

***

There are vocal qualities specific to men.
Existujú hlasové vlastnosti špecifické pre mužov.
And there are vocal qualities specific to beasts.
A existujú hlasové vlastnosti špecifické pre zvieratá.
It is terrible when one makes the sounds of the other.

Je hrozné, keď jeden vydáva zvuky toho druhého.
Animal fury freed them of their human restraint.
Zvieracia zúrivosť ich oslobodila od ľudskej zdržanlivosti.
Orgiastic license whipped them into demoniac heights.
Orgiatická bezstarostnosť ich vymrštila do démonických výšin.
Howls that tore through those perpetually dark woods.
Zavýjanie, ktoré sa trhalo tými večne tmavými lesmi.
Squawking ecstasies that echoed in everyone's mind.
Kvákajúce extázy, ktoré sa ozývali v mysliach každého.
Sounds like pestilential tempests from the gulfs of hell.
Znie to ako morové búrky z pekelných priepastí.
Now and then the less organized ululations would cease.
Menej organizované kvílenie z času na čas utíchlo.
A well-drilled chorus of hoarse voices rose in singsong.
Dobre nacvičený zbor chrapľavých hlasov sa zdvihol do spevavého tónu.
And they chanted that hideous phrase of their ritual.
A skandovali tú ohavnú frázu svojho rituálu.
"Ph'nglui mglw'nafh Cthulhu R'lyeh wgah'nagl fhtagn"
"Ph'nglui mglw'nafh Cthulhu R'lyeh wgah'nagl fhtagn"
Then the men reached a spot where the trees were sparser.
Potom muži dosiahli miesto, kde boli stromy redšie.
Suddenly they come in sight of the spectacle itself.
Zrazu sa im zjaví samotné divadlo.
Four of them reeled from the horrible things they saw.
Štyria z nich sa zamotali z hrozných vecí, ktoré videli.
One man fainted, and two were shaken into a frantic cry.
Jeden muž omdlel a dvoch otriaslo do zúfalého plaču.
Fortunately their screams were not heard by other ears.
Našťastie ich výkriky nepočuli iné uši.
The mad cacophony of the orgy deadened their screams.
Šialená kakofónia orgií utlmila ich krik.
Legrasse splashed swamp water on the fainting man.
Legrasse oblial mdlobiaceho muža vodou z močiara.
They stood up again, but nearly hypnotized with horror.
Znova vstali, ale takmer ako hypnotizovaní hrôzou.

In a natural glade of the swamp stood a grassy island.

Na prirodzenej čistinke močiara stál trávnatý ostrovček.

The grassy island extended perhaps for an acre.

Trávnatý ostrov sa rozprestieral možno na celý aker.

And the area was clear of trees and tolerably dry.

A oblasť bola bez stromov a celkom suchá.

A horde of human abnormality leaped and twisted.

Horda ľudskej abnormality poskočila a krútila sa.

No Sime could paint what the men were seeing.

Žiaden Sime nevedel namaľovať to, čo muži videli.

No Angarola has ever painted such an indescribable scene.

Žiaden Angarola ešte nenamaľoval takú neopísateľnú scénu.

The hybrid spawn made a monstrous ring-shaped bonfire.

Hybridný plod vytvoril obrovskú oheň v tvare prstenca.

They brayed bellowed and writhed about in their nudity.

Húkali, revali a zvíjali sa vo svojej nahote.

Occasionally there were rifts in the curtain of flame.

Občas sa v plameňovej opone objavili trhliny.

And there the object of their worship revealed itself.

A tam sa odhalil predmet ich uctievania.

In the midst of the fire stood a great granite monolith.

Uprostred ohňa stál veľký žulový monolit.

The stone structure was only about eight feet in height.

Kamenná stavba bola vysoká len asi osem stôp.

And the noxious carven statuette rested on the monolith.

A tá jedovatá vyrezávaná soška spočívala na monolite.

The idle was almost incongruous in its diminutiveness.

Nečinnosť bola svojou maličkosťou takmer nesúrodá.

Spaced evenly, scaffolds had been erected around the fire.

Okolo ohňa boli rovnomerne rozmiestnené lešenia.

From the scaffolding hung a number of marred bodies.

Z lešenia viselo množstvo znetvorených tiel.

The bodies of those that had disappeared from nearby.

Telá tých, ktorí zmizli z blízkeho okolia.

It was inside this circle the ring of worshipers were.

Vo vnútri tohto kruhu sa nachádzal kruh veriacich.

And they roared and jumped in the frantic trance.

A revali a skákali v zbesilom tranze.
The general direction of the motion was anti-clockwise.
Všeobecný smer pohybu bol proti smeru hodinových ručičiek.
The ring of bodies circling around the ring of fire.
Kruh tiel krúžiaci okolo ohnivého kruhu.
One man recollected other details even more concerning.
Jeden muž si spomenul na ďalšie, ešte znepokojujúcejšie
detaily.
But perhaps the echoes induced him to hear other things.
Ale možno ho ozveny prinútili počuť aj iné veci.
He fancied he heard antiphonal responses to the ritual.
Zdalo sa mu, že počuje antifonálne odpovede na rituál.
Noises from an unillumined spot deeper within the woods.
Hluky z neosvetleného miesta hlbšie v lese.
This man, Joseph D. Galvez, I later met and questioned.
S týmto mužom, Josephom D. Galvezom, som sa neskôr
stretol a vypočúval ho.
And he proved to indeed be distractingly imaginative.
A ukázalo sa, že je skutočne až rušivo nápaditý.
He even hinted at the faint beating of great wings.
Dokonca naznačil slabé mávanie veľkých krídel.
And he suggested there was a glimpse of shining eyes.
A naznačil, že zazrel záblesk žiariacich očí.
**And beyond the trees, a mountainous white bulk of
something.**
A za stromami, hornatá biela masa niečoho.
I suppose he had heard too much native superstition.
Predpokladám, že počul priveľa domorodých povier.
But actually the horrified pause was relatively brief.
Ale v skutočnosti bola tá zdesená pauza relatívne krátka.
Duty came first, and they had come to do a job.
Povinnosť bola na prvom mieste a oni prišli, aby si urobili
prácu.

*****

There must have been nearly a hundred mongrel celebrants.

Muselo tam byť takmer stovka celebrantov-miešancov.

But the police were able to rely on their firearms.

Polícia sa však mohla spoľahnúť na svoje strelné zbrane.

And they plunged determinedly into the nauseous rout.

A odhodlane sa vrhli do nechutnej úteku.

For five minutes the chaotic din was beyond description.

Päť minút ten chaotický rámus sa nedal opísať.

Wild blows were struck and shots were fired.

Ozývali sa divoké údery a výstrely.

Some escaped arrest by running into the darkness.

Niektorí unikli zatknutiu tak, že utiekli do tmy.

They had a better knowledge of the layout of the swamp.

Mali lepšie znalosti o rozložení močiara.

But Legrasse and his men caught around half of them.

Ale Legrasse a jeho muži chytili približne polovicu z nich.

And they counted around forty-seven sullen prisoners.

A napočítali asi štyridsaťsedem zachmúrených väzňov.

They were forced to put on their clothes again.

Boli nútení si znova obliecť oblečenie.

And they fell into line between two rows of policemen.

A zoradili sa medzi dva rady policajtov.

Five of the worshipers lay dead by the fire.

Päť veriacich ležalo mŕtvych pri ohni.

Two severely wounded prisoners were carried away.

Dvoch ťažko zranených väzňov odniesli.

Of course the image on the monolith was removed.

Samozrejme, obraz na monolite bol odstránený.

Legrasse himself took the evidence to the police station.

Legrasse sám odniesol dôkazy na policajnú stanicu.

The trip back to the headquarters was of intense strain.

Cesta späť do ústredia bola nesmierne vyčerpávajúca.

The men were examined when they got back to civilization.

Mužov vyšetrili po návrate do civilizácie.

The prisoners all proved to be men of a very low type.

Všetci väzni sa ukázali byť mužmi veľmi nízkeho typu.

They were all mixed-blooded, and mentally aberrant.

Všetci boli miešanci a duševne poruchoví.

Most were seamen by trade, or some similar professions.
Väčšina z nich boli námorníci alebo mali podobné povolania.
Negroes and mulattoes were sprinkled among them.
Medzi nimi boli roztrúsení černosi a mulati.
But most seemed to be West Indians or Brava Portuguese.
Ale väčšina z nich sa zdala byť zo Západnej Indie alebo z
Bravy Portugalcov.
They primarily came from the Cape Verde Islands.
Pochádzali prevažne z Kapverdských ostrovov.
They gave the heterogeneous cult a coloring of voodooism.
Dali heterogénnemu kultu zafarbenie voodooizmu.
But there wasn't even a need to ask too many questions.
Ale nebolo ani potrebné klásť priveľa otázok.
The conclusion quickly became manifest by itself.
Záver sa rýchlo vyjasnil sám od seba.
Something far deeper than negro fetishism was involved.
Išlo o niečo oveľa hlbšie než fetišizmus černochov.
Although ignorant, but their story was consistent.
Aj keď boli nevedomí, ich príbeh bol konzistentný.
The creatures all spoke of the same central idea.
Všetky stvorenia hovorili o tej istej ústrednej myšlienke.
They certainly all shared the same loathsome faith.
Všetci určite zdieľali tú istú odpornú vieru.
They worshiped, so they said, the great old ones.
Uctievali, ako hovorili, starých veľkých.
The great old ones lived long before there were any men.
Tí veľkí starci žili dávno predtým, ako sa objavili ľudia.
And they came to the young world out of the sky.
A prišli do mladého sveta z neba.
Those old ones were now gone, they explained.
Tie staré sú teraz preč, vysvetlili.
They were now inside the earth and under the sea.
Teraz boli vo vnútri zeme a pod morom.
But their dead bodies found ways to tell their secrets.
Ale ich mŕtve telá si našli spôsoby, ako prezradiť svoje
tajomstvá.
They whispered into the dreams of the first men.

Šepkali do snov prvých ľudí.

And the first men formed a cult which has never died.

A prví ľudia vytvorili kult, ktorý nikdy nezomrel.

***

The cult had always existed, and always would exist.

Kult vždy existoval a vždy bude existovať.

Their followers were hidden in wastes all over the world.

Ich nasledovníci boli ukrytí v pustatinách po celom svete.

Their followers were in dark places explorers overlooked.

Ich nasledovníci boli na temných miestach, ktoré prieskumníci prehliadali.

And they would remain hidden until they were called.

A zostali by skrytí, kým by ich nezavolali.

When the great priest Cthulhu rises again to the surface.

Keď sa veľký kňaz Cthulhu opäť vynorí na povrch.

When Cthulhu brings the earth again beneath his sway.

Keď Cthulhu opäť podmaní zem pod svoju moc.

When Cthulhu leaves from his dark house in the mighty city of R'lyeh.

Keď Cthulhu odchádza zo svojho temného domu v mocnom meste R'lyeh.

Some day he was going call, when the stars were ready.

Jedného dňa zavolá, keď budú hviezdy pripravené.

And the secret cult will always be waiting to liberate him.

A tajný kult bude vždy čakať, aby ho oslobodil.

Meanwhile, no more of his story must be told.

Medzitým sa už z jeho príbehu nesmie rozprávať nič viac.

There was a secret even torture could not extract.

Bolo tam tajomstvo, ktoré nedokázalo vylúštiť ani mučenie.

Mankind was not alone among the conscious things of earth.

Ľudstvo nebolo medzi vedomými vecami na Zemi jediné.

Because shapes came out of the dark to visit the faithful few.

Pretože z tmy vyšli postavy, aby navštívili tých verných.

But these were not the great old ones.

Ale toto neboli tí skvelí starí.

No man had ever seen the great old ones.

Tie staré veľké ešte nikto nevidel.

The carven idol was of great Cthulhu.

Vyrezávaná modla predstavovala veľkého Cthulhua.

None could say whether the others were like him.

Nikto nevedel povedať, či sú ostatní ako on.

No one could read the old writing now.

Teraz už nikto nevedel prečítať staré písmo.

Instead, things were told by word of mouth.

Namiesto toho sa veci rozprávali ústnym podaním.

The chanted ritual was not the secret.

Spievaný rituál nebol tajomstvom.

The secret was never spoken aloud, only whispered.

Tajomstvo sa nikdy nehovorilo nahlas, iba šepkalo.

The chant meant one thing, and one thing alone:

Spev znamenal jednu vec, a len jednu vec:

"In his house at R'lyeh dead Cthulhu waits dreaming."

„Vo svojom dome v R'lyeh čaká a sníva mŕtvy Cthulhu.“

Only two of the prisoners were found sane enough to be hanged.

Iba dvaja z väzňov boli uznaní za dostatočne príčetných na to, aby boli obesení.

The rest of them were committed to various institutions.

Zvyšok z nich bol zverený do rôznych inštitúcií.

All denied to have taken any part in the ritual murders.

Všetci popreli akúkoľvek účasť na rituálnych vraždách.

They said the killing had been done by something else.

Povedali, že zabitie spáchal niekto iný.

"The black-winged ones," the each insisted, separately.

„Tí s čiernymi krídlami,“ trvali na svojom každý z nich samostatne.

They had come to them from their immemorial meeting-place.

Prišli k nim z ich nepamätného miesta stretnutí.

They had arisen out from the haunted woodlands.

Vynorili sa zo strašidelných lesov.

But the stories of mysterious allies were inconsistent.

Príbehy o záhadných spojencoch však boli nekonzistentné.

***

What the police did extract came mainly from one man.
To, čo polícia získala, pochádzalo prevažne od jedného muža.
An immensely aged mestizo named Castro.
Nesmierne starý mestic menom Castro.
He claimed to have sailed to strange ports.
Tvrdil, že sa plavil do cudzích prístavov.
And he said he had been to the mountains of China.
A povedal, že bol v čínskych horách.
There he talked with undying leaders of the cult.
Tam sa rozprával s nehynúcimi vodcami kultu.
Old Castro remembered bits of hideous legend.
Starý Castro si pamätal útržky hroznej legendy.
His legends paled the speculations of theosophists.
Jeho legendy zatienili špekulácie teozofov.
His stories made man seem like a recent creation.
Jeho príbehy spôsobovali, že človek vyzeral ako nedávny výtvor.
Even the world was transient in his account of things.
Dokonca aj svet bol v jeho opise vecí pominuteľný.
There had been eons when other Things ruled on the earth.
Boli veky, keď na zemi vládli iné Veci.
And they had had great cities here on the earth.
A mali tu na zemi veľké mestá.
The deathless Chinamen told him reserved secrets.
Nesmrteľní Číňania mu prezradili tajomstvá.
He had told him their ruins could still be found.
Povedal mu, že ich ruiny sa stále dajú nájsť.
There were still Cyclopean stones on islands in the Pacific.
Na ostrovoch v Tichom oceáne sa stále nachádzali kyklopské kamene.
They all died vast epochs of time before man came.
Všetci zomreli v rozsiahlych časových obdobiach predtým, ako prišiel človek.

But there were knowledges and practices in ancients arts.
Ale v starovekých umeniach existovali vedomosti a praktiky.
Special rituals which could revive them again, in time.
Špeciálne rituály, ktoré ich časom mohli opäť oživiť.
In the cycle of eternity their return was inevitable.
V kolobehu večnosti bol ich návrat nevyhnutný.
When the stars come round again to the right positions
Keď sa hviezdy opäť dostanú do správnych pozícií
They had, indeed themselves come from the stars.
Vskutku, sami prišli z hviezd.
"These great old ones," Castro continued.
„Tieto skvelí starí," pokračoval Castro.
They were not composed entirely of flesh and blood.
Neboli zložené výlučne z mäsa a krvi.
They had shape," Castro insisted, confidently.
„Mali tvar," sebavedomo trval na svojom Castro.
And he had strange proof for what he believed.
A mal zvláštny dôkaz pre to, čomu veril.
But the shape they took on was not made of matter.
Ale tvar, ktorý nadobudli, nebol vyrobený z hmoty.
When the stars were in their right positions.
Keď boli hviezdy na svojich správnych miestach.
Then they could plunge from one world to another.
Potom sa mohli ponoriť z jedného sveta do druhého.
Because they can move themselves through the sky.
Pretože sa dokážu pohybovať po oblohe.
But when the stars were wrong, they cannot live.
Ale keď sa hviezdy mýlili, nemôžu žiť.
And it is true that they no longer live like we do.
A je pravda, že už nežijú tak ako my.
But despite that, they never really die either.
Ale napriek tomu nikdy v skutočnosti nezomrú.
They rest in stone houses in their great city of R'lyeh.
Odpočívajú v kamenných domoch vo svojom veľkomeste R'lyeh.
They are preserved by the spells of mighty Cthulhu.
Sú chránení kúzlami mocného Cthulhua.

So there they lie, unaffected by the passing of time.
Tak tam ležia, nedotknuté plynutím času.
And they wait for another glorious resurrection.
A čakajú na ďalšie slávne vzkriesenie.
When the stars and earth are ready for them again.
Keď na ne budú hviezdy a zem opäť pripravené.
But they are still dependent on an outside force.
Ale stále sú závislí od vonkajšej sily.
A force from outside served to liberate their bodies.
Sila zvonku slúžila na oslobodenie ich tiel.
The spells preserved them and kept them intact.
Kúzla ich zachovali a udržali ich neporušené.
But the spells also kept them from breaking free.
Ale kúzla im tiež zabránili oslobodiť sa.
So they could only lie awake in the dark and think.
Takže mohli len ležať v tme a premýšľať.

***

In the meantime uncounted millions of years rolled by.
Medzitým uplynuli nespočetné milióny rokov.
They knew all that was occurring in the universe.
Vedeli všetko, čo sa deje vo vesmíre.
Because their mode of speech was transmitted thought.
Pretože ich spôsob reči bol prenos myslenia.
Even now they were talking in their tombs.
Aj teraz sa rozprávali vo svojich hrobkách.
Then, after infinities of chaos, the first men came.
Potom, po nekonečnom chaose, prišli prví ľudia.
The great old ones spoke to the sensitive among them.
Veľkí starci hovorili k citlivým medzi nimi.
They spoke to them by molding their dreams.
Prehovárali k nim formovaním ich snov.
**Only that way could their language reach the fleshly minds
of mammals.**
Iba tak sa ich jazyk mohol dostať k telesným mysliam
cicavcov.

Then, whispered Castro, those first men formed the cult.
Potom, zašepkal Castro, títo prví muži vytvorili kult.
They organized themselves around small idols.
Organizovali sa okolo malých idolov.
The small idols which the great ones had shown them.
Malé modly, ktoré im ukázali tí veľkí.
Idols brought from dim eras from dark stars.
Idoly prinesené z tmavých čias od temných hviezd.
That cult would never die till the stars came right again.
Ten kult nikdy nezomrie, kým sa hviezdy opäť nezlepšia.
The secret priests were going to take great Cthulhu from His tomb.
Tajní kňazi sa chystali vziať veľkého Cthulhua z Jeho hrobky.
And they were going to revive His subjects.
A oni sa chystali oživiť Jeho poddaných.
And then Cthulhu was going to resume His rule of earth.
A potom sa Cthulhu chystal obnoviť svoju vládu nad Zemou.
The right time was going to reveal itself quite clearly.
Správny čas sa mal celkom jasne ukázať.
At that time mankind will have become as the great old ones.
V tom čase sa ľudstvo stane ako tí starí.
They will be free and wild and beyond good and evil.
Budú slobodní a divokí a za hranicami dobra a zla.
Laws and morals are going to be thrown aside.
Zákony a morálka budú odložené.
All men will be shouting and killing and reveling in joy.
Všetci ľudia budú kričať, zabíjať a radovať sa.
Then the liberated old ones will teach them the new ways.
Potom ich oslobodení starí naučia nové spôsoby.
New ways to shout and kill and revel and enjoy.
Nové spôsoby kričania, zabíjania, radovania sa a užívania si.
And all the earth will flame with a holocaust of ecstasy and freedom.
A celá zem bude horieť holokaustom extázy a slobody.
Meanwhile the cult had to practice the appropriate rites.
Medzitým musel kult praktizovať príslušné obrady.

They had to keep alive the memory of those ancient ways.
Museli si udržiavať živú spomienku na tie starodávne spôsoby.
And they had to shadow forth the prophecy of their return.
A museli naplniť proroctvo o svojom návrate.
In the elder time chosen men spoke with the entombed Old Ones.
V dávnych dobách hovorili vyvolení muži s pochovanými Starými.
The entombed Old Ones spoke to them in their dreams.
Pochovaní Starovekí k nim prehovárali v snoch.
But then something disturbed their means of communication.
Ale potom niečo narušilo ich komunikačné prostriedky.
The great stone in the city R'lyeh had sunk beneath the waves.
Veľký kameň v meste R'lyeh sa potopil pod vlnami.
And the monoliths and sepulchers were beneath the waters.
A monolity a hrobky boli pod vodou.
Deep waters full of the one primal mystery.
Hlboké vody plné jediného prvotného tajomstva.
Waters through which not even thought can pass.
Vody, cez ktoré neprejde ani myšlienka.
Water that cut off their spectral communication.
Voda, ktorá prerušila ich spektrálnu komunikáciu.
But the memory of the rites and rituals never died.
Ale spomienka na obrady a rituály nikdy nezomrela.
And high priests said that the city would rise again.
A veľkňazi povedali, že mesto opäť povstane.
When the stars were right Cthulhu was going to return.
Keď hviezdy budú mať pravdu, Cthulhu sa vráti.
The moldy black spirits of the earth will come out again.
Plesniví čierni duchovia zeme opäť vyjdú von.
Shadowy black spirits full of dim rumors.
Tienisté čierne duchy plné nejasných klebiet.

***

The spirits collected in caverns beneath forgotten sea-bottoms.

Duchovia sa zhromažďovali v jaskyniach pod zabudnutým morským dnom.

But of those spirits old Castro dared not speak much.

Ale o tých duchoch sa starý Castro neodvážil veľa hovoriť.

And he hurriedly cut himself off from the topic.

A rýchlo sa od témy odrezal.

No amount of persuasion could elicit more in this direction.

Žiadne presviedčanie by v tomto smere nemohlo vyvolať viac.

No subtlety could convince him to speak of those spirits.

Žiadna jemnosť ho nemohla presvedčiť, aby hovoril o tých duchoch.

The size of the old ones, too, he curiously declined to mention.

Aj o veľkosti tých starých sa zvedavo odmietol zmieniť.

And of the cult he spoke very little too.

A o kulte hovoril tiež veľmi málo.

He thought the center lay amid the pathless deserts of Arabia.

Myslel si, že centrum leží uprostred neschodných púští Arábie.

There in Irem, the City of Pillars, dreams hidden and untouched.

Tam v Ireme, Meste stĺpov, sny skryté a nedotknuté.

This cult was not allied to the European witch-cult.

Tento kult nebol spojený s európskym kultom čarodejníc.

And the cult was virtually unknown beyond its members.

A kult bol prakticky neznámy okrem svojich členov.

No book had ever really hinted of their knowledge.

Žiadna kniha nikdy poriadne nenaznačila ich vedomosti.

Though the deathless Chinamen said the mad Arab Abdul Alhazred came close.

Hoci nesmrteľní Číňania tvrdili, že šialený Arab Abdul Alhazred sa k tomu priblížil.

He said that there were double meanings in his Necronomicon.

Povedal, že v jeho Necronomicone sú dvojaké významy.

The initiated were free to read it if they wanted to.

Zasvätení si ho mohli slobodne prečítať, ak chceli.

And they should pay attention to one couplet in particular.

A mali by venovať pozornosť najmä jednému dvojveršiu.

"That which is not dead can sleep for eternity,"

„Čo nie je mŕtve, môže spať večne.“

"And with strange eons even death may die."

„A počas zvláštnych eónov môže zomrieť aj smrť.“

Legrasse had been deeply impressed by what he heard.

Na Legrassea hlboko zapôsobilo to, čo počul.

And he was not a little bewildered by the tale.

A príbeh ho nemalo zmiatol.

He inquired in vain about the historic affiliations of the cult.

Márne sa pýtal na historickú príslušnosť kultu.

Castro, apparently, had told the truth about the oath of secrecy.

Castro zrejme povedal pravdu o prísahe mlčanlivosti.

The authorities at Tulane University could not offer much help either.

Ani úrady na Tulane University nedokázali ponúknuť veľa pomoci.

The were not able to shed no light upon neither cult, nor the image.

Neboli schopní objasniť ani kult, ani obraz.

And now the detective had come to the highest authorities in the country.

A teraz sa detektív dostal k najvyšším predstaviteľom krajiny.

And he heard none other than Professor Webb' tale in Greenland.

A nepočul nikto iný ako príbeh profesora Webba v Grónsku.

***

Legrasse's tale aroused feverish interest at the meeting.

Legrasseov príbeh vzbudil na stretnutí horúčkovitý záujem.
The story was not only significant in its implications.
Príbeh nebol významný len svojimi dôsledkami.
But the story was also corroborated by the statuette.
Príbeh však potvrdila aj soška.
The excitement echoed in the subsequent correspondence.
Nadšenie sa odrážalo aj v následnej korešpondencii.
Those who attended stayed in close contact with each other.
Tí, ktorí sa zúčastnili, zostali medzi sebou v úzkom kontakte.
Although scant mention occurs in the formal publications.
Hoci sa o tom vo oficiálnych publikáciách spomína len
zriedka.
Caution is the first care of those accustomed to charlatanry.
Opatrnosť je prvoradou starosťou tých, ktorí sú zvyknutí na
šarlatánstvo.
Impostures are kept out as much as it is possible.
Podvody sa držia mimo dosahu, ako je to len možné.
Legrasse for some time lent the image to Professor Webb.
Legrasse na istý čas požičal obraz profesorovi Webbovi.
But at the latter's death the image was returned to him.
Ale po jeho smrti mu bol obraz vrátený.
And the image remains in Legrasse's possession.
A obraz zostáva v Legrasseovom vlastníctve.
This is where I viewed the terrible image not long ago.
Tu som nedávno videl ten hrozný obrázok.
The image is unmistakably akin to Wilcox' dream-sculpture.
Obraz je nepochybne podobný Wilcoxovej snovej soche.
It was no wonder my uncle was so excited by his tale.
Nebolo divu, že môjho strýka jeho príbeh tak nadchol.
And I'm not surprised he made the efforts he made.
A neprekvapuje ma, že vynaložil také úsilie.
He had heard everything Legrasse knew of the cult.
Počul všetko, čo Legrasse vedel o kulte.
And the strange cultish dreams of a sensitive young man.
A zvláštne kultové sny citlivého mladého muža.
The bas-relief just like the one from the swamp.
Basreliéf presne ako ten z močiara.

The addition of the devil tablet in Greenland.

Pridanie diabolskej tabuľky v Grónsku.

The exact same words used in three remote occurrences.

Tie isté slová použité v troch vzdialených prípadoch.

The Eskimo diabolists, the mongrels in Louisiana, and then Wilcox.

Eskimácki diabolisti, kríženci v Louisiane a potom Wilcox.

What other conclusion could one possibly have come to?

K akému inému záveru by človek mohol dospieť?

It's only natural Professor Angel pursued this conclusion.

Je len prirodzené, že profesor Angel dospel k tomuto záveru.

And I wouldn't have expected him to be less thorough.

A nečakal by som, že bude menej dôkladný.

My great-uncle was a man of principled academic rigor.

Môj prastrýko bol muž zásadovej akademickej prísnosti.

Though privately I also had other plausible theories.

Hoci som v súkromí mal aj iné pravdepodobné teórie.

I suspected young Wilcox of having heard of the cult.

Podozrieval som mladého Wilcoxa, že o kulte počul.

Maybe he had heard of the cult in some indirect way.

Možno o kulte počul nejakým nepriamym spôsobom.

He could easily have invented a series of dreams.

Ľahko si mohol vymyslieť sériu snov.

That way he could heighten and continue the mystery.

Takto mohol zintenzívniť a pokračovať v záhade.

The dream-narratives and cuttings collected did of course corroborate.

Zozbierané rozprávania snov a výstrižky to samozrejme potvrdili.

But the rationalism of my mind had not yet been satisfied.

Ale racionalizmus mojej mysle ešte nebol uspokojený.

Coincidences can form highly believable illusions too.

Aj náhody môžu vytvárať veľmi uveriteľné ilúzie.

And we have to bear in mind the extravagance of the whole subject.

A musíme mať na pamäti extravaganciu celej témy.

So I was led to adopt what I thought the most sensible
conclusions.
Tak som bol vedený k prijatiu záverov, ktoré som považoval
za najrozumnejšie.
I thoroughly studied the manuscript from the beginning.
Rukopis som si od začiatku dôkladne preštudoval.
And I correlated the theosophical and anthropological notes.
A porovnal som teozofické a antropologické poznámky.
I compared the literature with the cult narrative of Legrasse.
Literatúru som porovnal s kultovým naratívom Legrassea.
I made a trip to Providence to see the sculptor.
Vybral som sa do Providence, aby som navštívil sochára.
And I intended to give him the rebuke I thought proper.
A mal som v úmysle ho pokarhať tak, ako som uznal za
vhodné.
There must be consequences, I felt, for the trick he played.
Cítil som, že za trik, ktorý predviedol, musia byť následky.
He had boldly imposed himself upon a learned and aged
man.
Odvážne sa vnucoval učenému a starému mužovi.

***

Wilcox still lived alone where my uncle had met him.
Wilcox stále býval sám tam, kde ho stretol môj ujo.
In the Fleur-de-Lys Building in Thomas Street.
V budove Fleur-de-Lys na Thomas Street.
A hideous Victorian imitation of Seventeenth Century
Breton architecture.
Ohavná viktoriánska napodobenina bretónskej architektúry
sedemnásteho storočia.
The building flaunted its stuccoed front amidst its
surroundings.
Budova sa chválila svojou štukovou fasádou uprostred okolia.
There were lovely Colonial houses on the ancient hill.
Na starobylom kopci stáli krásne koloniálne domy.

And the house stood under the shadow of the finest Georgian steeple in America.

A dom stál v tieni najkrajšej georgiánskej veže v Amerike.

I found him at work in his rooms, among his sculptures.

Našiel som ho pri práci v jeho izbách, medzi jeho sochami.

The specimens scattered came from a very unique mind.

Roztrúsené vzorky pochádzali z veľmi jedinečnej mysle.

At once I conceded that his genius is indeed profound and authentic.

Hneď som uznal, že jeho genialita je skutočne hlboká a autentická.

He has crystallized in clay that which Arthur Machen evokes in prose.

Zhmotnil v hline to, čo Arthur Machen evokuje v próze.

He mirrored in marble the nightmares Clark Ashton Smith put to canvas.

V mramore zrkadlil nočné mory, ktoré Clark Ashton Smith preniesol na plátno.

He will, I believe, be spoken of one day as one of the great decadents.

Verím, že sa o ňom jedného dňa bude hovoriť ako o jednom z veľkých dekadentov.

He was dark, frail, and somewhat unkempt in aspect.

Bol tmavej pleti, krehký a trochu neupravený.

He turned languidly at my knock on his door.

Lenivo sa otočil, keď som zaklopal na jeho dvere.

He didn't rise from his seat when I came in.

Keď som vošiel, nevstal zo svojho miesta.

And he asked me what the purpose of my visit was.

A spýtal sa ma, aký bol účel mojej návštevy.

When I told him who I was his interest was piqued.

Keď som mu povedal, kto som, vzbudil to jeho záujem.

My uncle had excited his curiosity by probing his strange dreams.

Môj ujo vzbudil jeho zvedavosť skúmaním jeho zvláštnych snov.

Although he had never explained the reason for the study.

Hoci nikdy nevysvetlil dôvod štúdie.

I did not enlarge his knowledge in this regard.

V tomto ohľade som mu nerozširoval vedomosti.

But I sought with some subtlety to gain his confidence.

Ale s určitou nenápadnosťou som sa snažil získať si jeho dôveru.

In a short time I became convinced of his absolute sincerity.

Za krátky čas som sa presvedčil o jeho absolútnej úprimnosti.

He spoke of the dreams in a manner none could mistake.

Hovoril o snoch spôsobom, ktorý si nikto nemohol pomýliť.

His dreams' subconscious residuum had influenced his art profoundly.

Podvedomé zvyšky jeho snov hlboko ovplyvnili jeho umenie.

He showed me a morbid statue of the likes I had never seen before.

Ukázal mi morbidnú sochu, akú som ešte nikdy nevidel.

The statue's contours almost made me shake with fear.

Obrysy sochy ma takmer roztriasli od strachu.

The potency of the statue's black suggestion was overbearing.

Sila čierneho náznaku sochy bola prehnaná.

He could not recall having seen the original of this thing.

Nepamätal si, že by kedy videl originál tejto veci.

But the statue was inspired by his own dream bas-relief.

Ale socha bola inšpirovaná jeho vlastným basreliéfom zo sna.

The outlines had formed themselves insensibly under his hands.

Obrysy sa mu pod rukami nebadane formovali.

It was, no doubt, the giant shape he had raved of in delirium.

Bola to nepochybne tá obrovská postava, o ktorej táral v delíriu.

That he really knew nothing of the hidden cult he soon made clear.

Že o skrytom kulte v skutočnosti nič nevedel, čoskoro objasnil.

Only my uncle's relentless catechism had given him some clues.

Iba neúprosný katechizmus môjho strýka mu dal nejaké
indície,
And again I strove to explain the obvious conclusions away.
A opäť som sa snažil vysvetliť zjavné závery.
**How he could possibly have received the weird
impressions?**
Ako mohol získať také zvláštne dojmy?
He talked of his dreams in a strangely poetic fashion.
O svojich snoch hovoril zvláštne poetickým spôsobom.
**He made me see with terrible vividness the vistas of his
dream.**
S hroznou živosťou mi ukázal výhľady z jeho sna.
The damp Cyclopean city of slimy green stone.
Vlhké kyklopské mesto zo slizkého zeleného kameňa.
The geometry he oddly said, was all wrong.
Zvláštne povedal, že geometria bola úplne nesprávna.
And he spoke of what he heard with frightened expectancy.
A hovoril o tom, čo počul, s vystrašeným očakávaním.
The ceaseless, half-mental calling from underground:
Neustále, polomentálne volanie z podzemia:
"Cthulhu fhtagn... Cthulhu fhtagn"
„Cthulhu fhtagn... Cthulhu fhtagn“
These words had formed part of that dreaded ritual.
Tieto slová tvorili súčasť toho obávaného rituálu.
The ritual the told of dead Cthulhu's dream-vigil.
Rituál rozprával o bdení v snoch mŕtveho Cthulhua.
The ritual that told of his stone vault at R'lyeh.
Rituál, ktorý rozprával o jeho kamennej hrobke v R'lyeh.
And I felt deeply moved, despite my rational beliefs.
A napriek môjmu racionálnemu presvedčeniu som sa cítil
hlboko dojatý.
Wilcox, I was sure, had heard of the cult in some casual way.
Bol som si istý, že Wilcox o kulte počul nejako príležitostne.
He spent his time in a mass of equally weird literature.
Trávil čas v záplave rovnako zvláštnej literatúry.
He must have forgotten the source of his knowledge.
Musel zabudnúť na zdroj svojich vedomostí.

Later the cult had found subconscious expression in his dreams.

Neskôr sa kult podvedome prejavil v jeho snoch.

But this is natural when stories are so impressive.

Ale to je prirodzené, keď sú príbehy také pôsobivé.

Finally the cult's ideas manifested themselves in the bas-relief.

Myšlienky kultu sa nakoniec prejavili v basreliéfe.

And now the subject of the cult manifested itself in the terrible statue.

A teraz sa predmet kultu prejavil v strašnej soche.

I was convinced his imposture upon my uncle had been very innocent.

Bol som presvedčený, že jeho podvod na mojom strýkovi bol úplne nevinný.

He both slightly affected, and slightly ill-mannered.

Bol mierne afektovaný a mierne nevychovaný.

He had a disposition which I could never like.

Mal povahu, ktorá sa mi nikdy nemohla páčiť.

But I was willing enough now to admit his genius.

Ale teraz som bol dosť ochotný uznať jeho genialitu.

And I have no way of denying his honesty either.

A nemám ako poprieť ani jeho úprimnosť.

Despite my initial feelings, I took leave of him amicably.

Napriek mojim počiatočným pocitom som sa s ním priateľsky rozlúčil.

And I wish him all the success his talent promises.

A prajem mu všetky úspechy, ktoré jeho talent sľubuje.

***

The matter of the cult continued to fascinate me.

Téma kultu ma naďalej fascinovala.

At times I had visions of the personal fame I could attain.

Občas som mal vízie osobnej slávy, ktorú by som mohol dosiahnuť.

I visited New Orleans and talked with Legrasse.

Navštívil som New Orleans a rozprával som sa s Legrasseom.
And I spoke with other policemen of that swamp raid.
A hovoril som s ďalšími policajtmi z toho razie v močiari.
I saw the frightful image with my own eyes.
Na vlastné oči som videl ten hrozný obraz.
And I even questioned some of the surviving mongrel prisoners.
A dokonca som vypočul niektorých preživších väzňov-miešancov.
Old Castro, unfortunately, had been dead for some years.
Starý Castro bol, žiaľ, už niekoľko rokov mŕtvy.
What I now heard so graphically at first hand excited me afresh.
To, čo som teraz tak názorne počul z prvej ruky, ma znova nadchlo.
Though it was really no more than a detailed confirmation.
Hoci to v skutočnosti nebolo nič viac ako podrobné potvrdenie.
What they told me I had already read in my uncle's notes.
To, čo mi povedali, som si už prečítal v poznámkach môjho strýka.
I felt sure that I was on the track of a very real secret.
Bol som si istý, že som na stope skutočného tajomstva.
And I was sure I was going to discover a very ancient religion.
A bol som si istý, že objavím veľmi starobylé náboženstvo.
The discovery would make me an anthropologist of note.
Tento objav by zo mňa urobil významného antropológa.
My attitude was still one of absolute rational materialism.
Môj postoj bol stále postojom absolútneho racionálneho materializmu.
And I wish my attitude to the subject matter had not changed.
A prial by som si, aby sa môj postoj k tejto téme nezmenil.
I discounted with almost inexplicable perversity the coincidences.

S takmer nevysvetliteľnou zvrátenosťou som ignoroval
náhody.
**The dream notes and odd cuttings collected by Professor
Angell.**
Poznámky zo snov a zvláštne výstrižky, ktoré zozbieral
profesor Angell.
**One thing I began to doubt was the cause of my uncle's
death.**
Jedna vec, o ktorej som začal pochybovať, bola príčina smrti
môjho strýka.
I began to suspect his death was far from natural.
Začal som mať podozrenie, že jeho smrť nebola ani zďaleka
prirodzená.
And I now fear I know my uncle's death was not natural.
A teraz sa obávam, že viem, že smrť môjho strýka nebola
prirodzená.
It was on a narrow hill street where he fell.
Bolo to na úzkej ulici na kopci, kde spadol.
The street lead up from the ancient waterfront.
Ulica viedla od starobylého nábrežia.
The port-town swarms with foreign mongrels.
Prístavné mesto sa hemží zahraničnými krížencami.
He fell after a careless push from a negro sailor.
Spadol po neopatrnom strčení černošského námorníka.
**I had not forgotten the mixed blood of the cult-members in
Louisiana.**
Nezabudol som na zmiešanú krv členov kultu v Louisiane.
I had not forgotten the sailors in the voodoo orgy.
Nezabudol som na námorníkov vo voodoo orgiách.
**And would not be surprised to learn that they had other
knowledge too.**
A neprekvapilo by ma, keby zistili, že majú aj iné vedomosti.
Secret methods as anciently known as the cryptic rites.
Tajné metódy, v staroveku známe ako kryptické rituály.
Poison needles as ruthless their demonic beliefs.
Jedovaté ihly ako nemilosrdné voči ich démonickým
presvedčeniam.

Legrasse and his men, it is true, have been let alone.

Je pravda, že Legrasse a jeho muži zostali ponechaní na pokoji.

But in Norway a certain seaman who saw things is dead.

Ale v Nórsku zomrel istý námorník, ktorý videl veci.

Might not sinister ears have picked up my uncle's interest in the sculptor?

Nezachytili zlovestné uši záujem môjho strýka o sochára?

Might not the deeper inquiries of my uncle have drawn someone's attention?

Nemohli hlbšie otázky môjho strýka upútať niečiu pozornosť?

I think Professor Angell died because he knew too much.

Myslím si, že profesor Angell zomrel, pretože vedel priveľa.

Or he died because he was likely to learn too much.

Alebo zomrel, pretože sa pravdepodobne naučil priveľa.

Whether I shall go out as he did remains to be seen.

Či pôjdem von tak ako on, sa ešte len uvidí.

Because I too have learned much about Cthulhu.

Pretože aj ja som sa o Cthulhu veľa naučil.

The Madness from the Sea
Šialenstvo z mora

There is one great boon heaven could grant me.
Nebo mi mohlo udeliť jedno veľké požehnanie.
The total effacing of the results of a mere chance.
Úplné vymazanie výsledkov obyčajnej náhody.
I wish I had never seen that stray piece of paper.
Kiežby som nikdy nevidel ten zatúlaný kúsok papiera.
My daily routine would normally not have taken me there.
Moja denná rutina by ma tam za normálnych okolností
nezaviedla.
On any other day I would not have noticed anything.
V ktorýkoľvek iný deň by som si nič nevšimol.
It was an old number of an Australian journal.
Bolo to staré číslo austrálskeho časopisu.
The Sydney Bulletin for April 18, 1925
Sydney Bulletin z 18. apríla 1925
The paper had even slipped past the cutting bureau.
Papier dokonca prekĺzol okolo strihacej kancelárie.
I had largely given over my inquiries to a friend.
Svoje otázky som z veľkej časti zveril priateľovi.
He had taken on the work of most of the research.
Prevzal na seba väčšinu výskumnej práce.
He had come to refer to the group as the "Cthulhu Cult".
Túto skupinu začal nazývať „Kult Cthulhu".
I was visiting my learned friend of Paterson, New Jersey.
Bol som na návšteve u môjho učeného priateľa v Patersone v
New Jersey.
The curator of a local museum, and a mineralogist of note.
Kurátor miestneho múzea a významný mineralóg.
While at his museum I had access to the reserved specimens.
Počas pobytu v jeho múzeu som mal prístup k rezervovaným
exemplárom.
And this is when an odd picture caught my attention.
A vtedy ma zaujal zvláštny obrázok.

Beneath one of the stones was the Sydney Bulletin I
mentioned.

Pod jedným z kameňov bol Sydney Bulletin, ktorý som
spomínal.

My friend has wide affiliations in all conceivable foreign
lands.

Môj priateľ má široké okruhy kontaktov vo všetkých
mysliteľných cudzích krajinách.

The picture was a half-tone cut of a hideous stone image.

Obraz bol poltónový výrez ohavnej kamennej sochy.

Almost identical with the stone Legrasse had found in the
swamp.

Takmer identický s kameňom, ktorý Legrasse našiel v močiari.

Eagerly I read the article for its precious contents.

Článok som si s nadšením prečítal kvôli jeho vzácnemu
obsahu.

But I was disappointed to find that it was just a short article.

Ale bol som sklamaný, keď som zistil, že to bol len krátky
článok.

Although brief, the information was of portentous
significance.

Hoci bola informácia stručná, mala obrovský význam.

***

"MYSTERY DERELICT FOUND AT SEA"
"ZÁHADNÝ VRCH NÁJDENÝ NA MORI"

Vigilant Arrives With Helpless Armed New Zealand Yacht
in Tow.

Ostražitý prichádza s bezmocnou ozbrojenou novozélandskou
jachtou v závese.

One Survivor and one Dead Man Found Aboard.

Na palube našli jedného preživšieho a jedného mŕtveho muža.

Tale of Desperate Battle and Deaths at Sea.

Príbeh zúfalej bitky a úmrtí na mori.

Rescued Seaman Refuses Particulars of Strange Experience.

Zachránený námorník odmieta podrobnosti o zvláštnom
zážitku.
Odd Idol Found in His Possession, Inquiry to Follow.
V jeho vlastníctve našli zvláštnu modlu, bude nasledovať
vyšetrovanie.
**The Alert of Dunedin yacht, N.Z., had been disabled in
battle.**
Jachta Alert z Dunedinu na Novom Zélande bola v boji
zneškodnená.
Previously the ship had left from Valparaiso on March 25th.
Loď predtým odplávala z Valparaiso 25. marca.
**On April 2nd the ship was driven considerably south of her
course.**
2. apríla bola loď zanesená značne južne od svojho kurzu.
Exceptionally heavy storms had redirected the ship.
Mimoriadne silné búrky presmerovali loď.
Monster waves forced the ship to take a different route.
Obrovské vlny prinútili loď zvoliť inú trasu.
On April 12th the ship was sighted by another ship.
12. apríla loď spozorovala iná loď.
Latitude 34° 21', Longitude 152° 17'
Zemepisná šírka 34° 21', zemepisná dĺžka 152° 17'
Initially they thought the ship had been deserted.
Spočiatku si mysleli, že loď je opustená.
But one still living man had been found on board.
Na palube sa však našiel jeden stále žijúci muž.
This lone survivor was in a half-delirious condition.
Tento jediný preživší bol v polodelírnom stave.
The only other victim found was a man already dead a week.
Jedinou ďalšou nájdenou obeťou bol muž, ktorý bol už týždeň
mŕtvy.
Now the heavily armed steam yacht was being towed.
Teraz bola ťažko ozbrojená parná jachta ťahaná.
And this morning the ship was coming in to its wharf.
A dnes ráno loď prichádzala k prístavisku.
The living man was clutching a horrible stone idol.
Živý muž zvieral hroznú kamennú modlu.

The stone idol was about a foot in height.

Kamenná modla bola vysoká asi tridsať centimetrov.

And the origins of the stone were completely unknown.

A pôvod kameňa bol úplne neznámy.

Authorities at Sydney university were baffled.

Úrady na univerzite v Sydney boli zmätené.

The Royal Society couldn't offer information about the idol.

Kráľovská spoločnosť nemohla poskytnúť informácie o idole.

And the Museum in College street had no insights either.

Ani Múzeum na College Street nemalo žiadne postrehy.

The survivor says he found the stone in the cabin of the yacht.

Pozostalý hovorí, že kameň našiel v kajute jachty.

Allegedly the idol was in a small carved shrine.

Údajne sa modla nachádzala v malej vyrezávanej svätyni.

And the carvings of the shrine were of common pattern.

A rezby svätyne mali spoločný vzor.

This man eventually recovered back to his senses.

Tento muž sa nakoniec spamätal.

And he told an exceedingly strange story of piracy and slaughter.

A rozprával mimoriadne zvláštny príbeh o pirátstve a masakroch.

He is Gustaf Johansen, a Norwegian of some intelligence.

Je ním Gustaf Johansen, Nór s určitou inteligenciou.

And he had been second mate of the two-masted schooner Emma of Auckland.

A bol druhým dôstojníkom na dvojsťažňovej škunerke Emma z Aucklandu.

The ship sailed for Callao February 20th, manned by eleven sailors.

Loď vyplávala do Callao 20. februára s jedenástimi námorníkmi.

The ship, he says, was delayed and thrown widely south of her course.

Loď, hovorí, meškala a bola hodená ďaleko na juh od svojej trasy.

There was a great storm on March 1st, and on March 22nd.

1. marca a 22. marca bola veľká búrka.

On their journey they encountered another ship.

Počas svojej cesty narazili na inú loď.

This was in S. Latitude 49° 51′, W. Longitude 128° 34′

Toto bolo na južnej zemepisnej šírke 49° 51′, západnej zemepisnej dĺžke 128° 34′

This ship was manned by a queer and evil-looking crew.

Túto loď obsluhovala zvláštna a zlovestne vyzerajúca posádka.

All the men were of Kanakas and half-castes.

Všetci muži boli z kmene Kanakov a miešancov.

Being ordered peremptorily to turn back, Capt. Collins refused.

Kapitán Collins dostal rozkaz vrátiť sa, ale odmietol.

Without warning the strange crew began to shoot savagely upon the schooner.

Bez varovania začala neznáma posádka zúrivo strieľať na škuner.

They shot a peculiarly heavy battery of brass cannon.

Zastrelili zvláštne ťažkú batériu mosadzných kanónov.

The men from his ship showed fighting spirit, says the survivor.

Muži z jeho lode preukázali bojovného ducha, hovorí preživší.

The schooner began to sink from shots beneath the waterline.

Škuner sa začal potápať od výstrelov pod čiarou ponoru.

But they managed to heave alongside their enemy boat, and board her.

Ale podarilo sa im priblížiť sa k nepriateľskej lodi a nalodiť sa na ňu.

They grappled with the savage crew on the yacht's deck.

Zápasili s divokou posádkou na palube jachty.

Their mode of fighting seemed to be strangely clumsy.

Ich spôsob boja sa zdal byť zvláštne neohrabaný.

But defeat did not seem to be an option for these savage men.

Ale porážka sa pre týchto divokých mužov nezdala byť
možnosťou.

**They had a particularly abhorrent and desperate way of
fighting.**

Mali obzvlášť odporný a zúfalý spôsob boja.

So they had no choice but to kill all men of the enemy ship.

Takže nemali inú možnosť, ako zabiť všetkých mužov z
nepriateľskej lode.

Three of their men were also killed in the fight.

V boji boli zabití aj traja z ich mužov.

Capt. Collins and First Mate Green were among the dead.

Medzi mŕtvymi boli kapitán Collins a prvý dôstojník Green.

**Second Mate Johansen took over control from First Mate
Green.**

Druhý dôstojník Johansen prevzal velenie od prvého
dôstojníka Greena.

**And the remaining eight men proceeded to navigate the
captured yacht.**

A zvyšných osem mužov pokračovalo v navigácii ukoristenej
jachty.

**They proceeded to continue in the original direction they
were going.**

Pokračovali v pôvodnom smere, ktorým sa vydali.

**To see if there had been any reason they were ordered to
turn around.**

Aby zistili, či existoval nejaký dôvod, prečo im bolo nariadené
otočiť sa.

***

The next day, it appears, they landed on a small island.

Zdá sa, že na druhý deň pristáli na malom ostrove.

**Although no island is known to exist in that part of the
ocean.**

Hoci nie je známe, že by v tejto časti oceánu existoval žiadny
ostrov.

Six of the men somehow died ashore while on the island.

Šesť mužov nejakým spôsobom zomrelo na brehu, zatiaľ čo boli na ostrove.

Though Johansen is queerly reticent about this part of his story.

Hoci Johansen je v tejto časti svojho príbehu zvláštne zdržanlivý.

And he speaks only of their falling into a rock chasm.

A hovorí len o ich páde do skalnej priepasti.

Later, it seems, he and one companion boarded the yacht.

Zdá sa, že neskôr on a jeden spoločník nastúpili na jachtu.

Together they tried to sail the ship, undermanned.

Spoločne sa snažili riadiť loď s nedostatkom posádky.

But they were beaten about by the storm of April 2nd.

Ale 2. apríla ich zmietala búrka.

From that time till his rescue on the 12th, the man remembers little.

Odvtedy až do svojej záchrany 12. si muž pamätá len málo.

And he does not even recall when William Briden, his companion, died.

A ani si nepamätá, kedy zomrel William Briden, jeho spoločník.

Autopsy could reveal no obvious cause to Briden's death.

Pitva neodhalila žiadnu zjavnú príčinu Bridenovej smrti.

The most likely cause of death is exposure to the elements.

Najpravdepodobnejšou príčinou smrti je vystavenie živlom.

The Dunedin reported that their boat, the Alert, was well known.

Dunedinovci uviedli, že ich loď Alert bola dobre známa.

The island traders bore an evil reputation along the waterfront.

Ostrovní obchodníci mali pozdĺž pobrežia zlú povesť.

The ship was owned by a curious group of half-castes.

Loď vlastnila zvláštna skupina miešancov.

Frequent meetings and night trips to the woods attracted curiosity.

Časté stretnutia a nočné výlety do lesov priťahovali zvedavosť.

The ship had set sail in great haste on March 1st.

Loď vyplávala vo veľkom zhone 1. marca.

Just after the storm, and the earth tremors that night.

Hneď po búrke a otrase zeme v tú noc.

Our Auckland correspondent gives the Emma excellent reputation.

Náš korešpondent z Aucklandu dáva Emme vynikajúcu reputáciu.

The Crew from the Emma were held very in high regard.

Posádka z lode Emma si bola veľmi vážená.

And Johansen is described as a sober and worthy man.

A Johansen je opisovaný ako triezvy a ctihodný muž.

The admiralty will institute an inquiry on the whole matter.

Admiralita začne vyšetrovanie celej záležitosti.

Starting tomorrow they will collect all relevant information.

Od zajtra budú zhromažďovať všetky relevantné informácie.

Every effort will be made to induce Johansen to speak.

Vynaložíme maximálne úsilie, aby sme Johansena prinútili prehovoriť.

This and the hellish image were all the information I had to go on.

Toto a ten pekelný obraz boli všetky informácie, z ktorých som mal vychádzať.

But what a train of ideas that little information started in my mind!

Ale aký vlak myšlienok mi táto malá informácia v hlave spustila!

Here were new treasuries of data on the Cthulhu Cult.

Tu sa nachádzali nové pokladnice údajov o kulte Cthulhu.

The cult not only had interests on land.

Kult nemal len záujmy na súši.

Now there was evidence they also had connections to the sea.

Teraz existovali dôkazy, že mali aj spojenie s morom.

What motive prompted the hybrid crew to order back the Emma?

Aký motív viedol hybridnú posádku k tomu, aby si objednala
späť Emmu?

Why did they sail about with their hideous idol?

Prečo sa plavili so svojou ohavnou modlou?

**What was the unknown island on which six of the Emma's
crew had died?**

Čo bol ten neznámy ostrov, na ktorom zahynulo šesť členov
posádky lode Emma?

And why was Johansen so secretive about their death?

A prečo Johansen tak tajil ich smrť?

What had the vice-admiralty's investigation brought out?

Čo odhalilo vyšetrovanie viceadmirality?

And what was known of the noxious cult in Dunedin?

A čo sa vedelo o tomto škodlivom kulte v Dunedine?

Nor could one help but marvel at the timing of the events.

Človek sa nemohol ubrániť obdivu nad načasovaním udalostí.

**There was a deep and more than natural linkage between
the dates.**

Medzi dátumami existovalo hlboké a viac než prirodzené
prepojenie.

**A malign and now undeniable significance to the various
turns of events.**

Zlý a teraz už nepopierateľný význam pre rôzne zvraty
udalostí.

***

My uncle had noted with great care the connecting events.

Môj ujo si s veľkou starostlivosťou zaznamenal súvisiace
udalosti.

On March 1st the earthquake and storm had come.

Prvého marca prišlo zemetrasenie a búrka.

February 28th, according to the International Date Line.

28. februára podľa medzinárodnej dátumovej čiary.

**From Dunedin the noisome crew of the Alert darted eagerly
forth.**

Z Dunedinu sa hlučná posádka lode Alert dychtivo vyrútila preč.

They moved as if they had been imperiously summoned.

Pohybovali sa, akoby ich niekto panovačne privolal.

On the other side of the earth the other events unfolded.

Na druhej strane Zeme sa odohrali iné udalosti.

Poets and artists had begun to have their strange dreams.

Básnici a umelci začali mať svoje zvláštne sny.

Dreams of a dank Cyclopean city from times long gone.

Sny o vlhkom kyklopskom meste z dávno minulých čias.

A young sculptor was persuaded by these dreams too.

Aj mladý sochár sa nechal presvedčiť týmito snami.

In his sleep he molded the form of the dreaded Cthulhu.

V spánku vytvoril podobu obávaného Cthulhua.

On March 23rd the crew of the Emma landed on an unknown island.

23. marca posádka lode Emma pristála na neznámom ostrove.

There on that island they left six men dead.

Tam na tom ostrove zanechali šesť mŕtvych mužov.

On that date the dreams of sensitive men assumed a heightened vividness.

V ten deň nadobudli sny citlivých mužov zvýšenú živosť.

Their dreams darkened with dread of a giant monster's malign pursuit.

Ich sny zatemnila hrôza zo zlomyseľného prenasledovania obrovskej príšery.

One architect went mad from his dreams that night.

Jeden architekt sa v tú noc zo snov zbláznil.

And a sculptor had lapsed suddenly into delirium!

A sochár zrazu upadol do delíria!

And then there was the storm of April 2nd.

A potom tu bola búrka 2. apríla.

The date on which all dreams of the dank city ceased.

Dátum, kedy sa všetky sny o vlhkom meste skončili.

Wilcox emerged unharmed from the bondage of strange fever.

Wilcox sa vynoril bez zranenia z otroctva zvláštnej horúčky.

And everything appeared to be normal again.

A všetko sa zdalo byť opäť normálne.

But what about the hints old Castro had suggested?

Ale čo náznaky, ktoré naznačil starý Castro?

What about the sunken, star-born old ones?

A čo tie potopené, hviezdami zrodené staré?

What about their promised return and coming reign?

A čo ich sľúbený návrat a nadchádzajúca vláda?

What about their faithful cult and their mastery of dreams?

A čo ich verný kult a ich ovládanie snov?

Was I tottering on the brink of cosmic horrors?

Potácal som sa na pokraji kozmických hrôz?

Cosmic horrors far beyond man's power to bear?

Kozmické hrôzy ďaleko presahujúce ľudské sily?

If so, they must be horrors of the mind alone.

Ak áno, musia to byť len hrôzy mysle.

On the second of April there was sudden coordinated calm.

Druhého apríla nastal náhly koordinovaný pokoj.

The monstrous menace that sieged mankind's soul had vanished.

Obrovská hrozba, ktorá obliehala ľudskú dušu, zmizla.

That evening I made all necessary arrangements for onwards travel.

V ten večer som urobil všetky potrebné prípravy na ďalšiu cestu.

I bade my host adieu and took a train for San Francisco.

Rozlúčil som sa s hostiteľom a nastúpil som na vlak do San Francisca.

***

In less than a month I was at the port of Dunedin.

O necelý mesiac som bol v prístave Dunedin.

Here, however, my investigation stumbled slightly.

Tu však moje vyšetrovanie mierne zakoplo.

I inquired in the old sea taverns where the men had lingered.

Vypytoval som sa v starých námorných krčmách, kde sa muži zdržiavali.

But little was known of the strange cult members.

O zvláštnych členoch kultu sa však vedelo len málo.

Waterfront scum was far too common for special mention.

Nábrežná spodina bola príliš bežná na to, aby sa o nej osobitne hovorilo.

But there was vague talk about one inland trip these mongrels had made.

Ale neurčito sa hovorilo o jednej plavbe do vnútrozemia, ktorú títo kríženci podnikli.

Faint drumming and red flames were noted on the distant hills.

Na vzdialených kopcoch bolo počuť slabé bubnovanie a červené plamene.

In Auckland I learned only a little more of Johansen.

V Aucklande som sa o Johansenovi dozvedel len trochu viac.

He had been taken to Sydney for the investigation.

Na vyšetrenie ho previezli do Sydney.

A perfunctory and inconclusive questioning turned his hair white.

Povrchné a bezvýsledné otázky mu zošediveli.

Thereafter he sold his cottage in West Street.

Potom predal svoju chatu na West Street.

And he sailed with his wife to his old home in Oslo.

A s manželkou sa plavil do svojho starého domova v Osle.

His experience had clearly stirred him deeply.

Jeho skúsenosť ho evidentne hlboko zasiahla.

But he told his friends no more than he had told the admiralty officials.

Ale svojim priateľom nepovedal viac, ako povedal predstaviteľom admirality.

And all they could do was to give me his Oslo address.

A jediné, čo mohli urobiť, bolo dať mi jeho adresu v Osle.

After that I went to Sydney and talked profitlessly with seamen.

Potom som išiel do Sydney a bezvýsledne som sa rozprával s
námorníkmi.

**Members of the vice-admiralty court could not enlighten me
either.**

Ani členovia viceadmirálneho súdu ma nevedeli poučiť.

I tracked the Alert down to Circular Quay in Sydney Cove.

Vystopoval som Alert až k Circular Quay v Sydney Cove.

The ship had been sold and was again in commercial use.

Loď bola predaná a opäť sa používala na komerčné účely.

But I could gain no further clues from the ship's cargo.

Ale z nákladu lode som nemohol získať žiadne ďalšie indície.

The image was preserved in the Museum at Hyde Park.

Obraz bol uchovávaný v múzeu v Hyde Parku.

The cuttlefish head, dragon body, and scaly wings.

Hlava sépie, telo draka a šupinaté krídla.

The monster crouching atop the hieroglyphed pedestal.

Monštrum krčiace sa na vrchole hieroglyfického podstavca.

I studied every detail of the idol long and well.

Dlho a dôkladne som študoval každý detail idolu.

The relic was a thing of balefully exquisite workmanship.

Relikvia bola predmetom zlovestne vynikajúco spracovaného
spracovania.

**I couldn't help but notice the similarity to Legrasse's smaller
specimen.**

Nemohol som si nevšimnúť podobnosť s menším exemplárom
od Legrasseho.

Both idols had the same utter mystery and terrible antiquity.

Obe modly mali rovnakú absolútnu tajomnosť a strašnú
starobylosť.

**And both idols had the same unearthly strangeness of
material.**

A obe modly mali rovnakú nadpozemskú zvláštnosť
materiálu.

**Geologists, the curator told me, had found it a monstrous
puzzle.**

Kurátor mi povedal, že geológovia to považovali za obrovskú
záhadu.

They insisted that the world held no rock like this one.

Trvali na tom, že na svete nie je taká skala.

Then I thought with a shudder of what old Castro had told Legrasse.

Potom som si s hrôzou spomenul na to, čo starý Castro povedal Legrasseovi.

The tale of the primal great ones, sunken under the sea.

Príbeh o prvotných velikánoch, potopených pod morskou hladinou.

"They had come from the stars."

„Prišli z hviezd.“

"They had brought their images with them."

„Priniesli si so sebou svoje obrazy.“

I was shaken with a mental revolution as I had never before known.

Otriasla mnou duševná revolúcia, akú som dovtedy nezažil.

I was now completely resolved to visit Mate Johansen in Oslo.

Teraz som bol úplne odhodlaný navštíviť Mateho Johansena v Osle.

Sailing for London, I re-embarked at once for the Norwegian capital.

Po plavbe do Londýna som sa okamžite opäť nalodil na loď smerujúcu do nórskeho hlavného mesta.

And one autumn day I landed at the wharves.

A jedného jesenného dňa som pristál na mólach.

***

Johansen's hometown was in the shadow of the Egeberg.

Johansenovo rodné mesto sa nachádzalo v tieni Egebergu.

I discovered he lived in the Old Town of King Harold Haardrada.

Zistil som, že žil v Starom Meste kráľa Harolda Haardradu.

For centuries the greater city had masqueraded as "Christiania".

Po stáročia sa väčšie mesto maskovalo ako „Christiania“.

King Harald Hardrada kept alive the name of Oslo.
Kráľ Harald Hardrada zachoval meno Oslo.
I made the brief trip to his residences by taxicab.
Krátku cestu k jeho rezidencii som podnikol taxíkom.
A neat and ancient building with plastered front.
Úhľadná a starobylá budova s omietnutou fasádou.
And I knocked with palpitant heart at the door.
A s búšiacim srdcom som zaklopal na dvere.
A sad-faced woman in black answered my summons.
Na moje zavolanie odpovedala žena v čiernom so smutnou tvárou.
I was stung with disappointment at the sight.
Pri tom pohľade ma premohlo sklamanie.
She told me in halting English that Gustaf Johansen was no more.
Vlámanou angličtinou mi povedala, že Gustaf Johansen už nie je.
He had not long survived his return, said his wife.
Svojho návratu sa dlho neprežil, povedala jeho manželka.
The doings at sea in 1925 had broken him.
Dianie na mori v roku 1925 ho zlomilo.
He had told her no more than he had told the public.
Nepovedal jej viac, ako povedal verejnosti.
But he had left a long manuscript of "technical matters".
Zanechal však dlhý rukopis „technických záležitostí“.
These notes of the voyage had been written in English.
Tieto poznámky z plavby boli napísané v angličtine.
Evidently in order to safeguard her from the peril of casual perusal.
Zrejme preto, aby ju ochránili pred nebezpečenstvom náhodného prečítania.
He had gone for a walk through a narrow lane near the Gothenburg dock.
Prešiel sa úzkou uličkou blízko göteborského doku.
A bundle of papers falling from an attic window had knocked him down.

Z povalového okna ho zrazil k zemi zväzok papierov, ktorý vypadol.

Two Lascar sailors at once helped him to his feet.

Dvaja lascarskí námorníci mu okamžite pomohli vstať.

But before the ambulance could reach him he was dead.

Ale skôr, ako k nemu stihla doraziť sanitka, bol mŕtvy.

The physicians found no adequate cause for his death.

Lekári nenašli žiadnu dostatočnú príčinu jeho smrti.

They mostly attributed his death to heart trouble.

Jeho smrť pripisovali prevažne problémom so srdcom.

But they added his weakened constitution most likely contributed.

Dodali však, že k tomu s najväčšou pravdepodobnosťou prispela jeho oslabená konštitúcia.

I now felt a deep gnawing at my vitals.

Teraz som cítil hlboké hryzenie vo svojich životných orgánoch.

A dark terror which will never leave me till I, too, am at rest.

Temná hrôza, ktorá ma nikdy neopustí, kým aj ja nespočívam.

Whether my death will come "accidentally" or not I can't tell.

Či moja smrť príde „náhodou" alebo nie, to neviem povedať.

I spoke to the widow about her husband's work.

Hovoril som s vdovou o práci jej manžela.

And I persuaded her I had a "technical" connection to him.

A presvedčil som ju, že s ním mám „technické" spojenie.

So she felt I was sufficiently entitled to the manuscript.

Takže mala pocit, že mám na rukopis dostatočný nárok.

And so I attained the dead man's writing.

A tak som sa dostal k písmu mŕtveho muža.

I began to read the documents on the boat to London.

Začal som čítať dokumenty na lodi do Londýna.

They were little more than simple, rambling notes.

Boli to len o niečo viac ako jednoduché, nesúvislé poznámky.

A naive sailor's effort at a post-facto diary.

Naivný námorník sa snaží napísať denník po skončení filmu.

He strove to recall that last awful voyage day by day.

Snažil sa deň čo deň spomínať na tú poslednú hroznú plavbu.

I cannot attempt to transcribe his notes verbatim.
Nemôžem sa pokúsiť doslovne prepísať jeho poznámky.
The manuscript is clouded with vagueness and redundance.
Rukopis je zahalený nejasnosťami a redundanciou.
But I will tell the gist of what he wrote.
Ale poviem podstatu toho, čo napísal.
Perhaps then you will understand why I stuffed my ears with cotton.
Možno potom pochopíš, prečo som si uši zapchával vatou.
The sound of the water against the vessel's sides became unendurable.
Zvuk vody narážajúcej na boky lode sa stal neznesiteľným.

***

Johansen, thank God, did not quite know what he had seen.
Johansen, vďaka Bohu, celkom nevedel, čo videl.
But it is evident he had seen the city and the Thing.
Ale je evidentné, že videl mesto a tú Vec.
I shall never sleep calmly again when I think of the horrors.
Už nikdy nebudem pokojne spať, keď budem pomyslieť na tie hrôzy.
The horrors that lurk ceaselessly behind life in time and space.
Hrôzy, ktoré sa neustále skrývajú za životom v čase a priestore.
Those unhallowed blasphemies that come from elder stars.
Tie neposvätné rúhania, ktoré pochádzajú zo starších hviezd.
Dreamers beneath the sea known only by a nightmare cult.
Snílci pod morom, ktorých pozná len kult nočných môr.
A cult ready and eager to release these monsters into the world.
Kult pripravený a dychtivý vypustiť tieto príšery do sveta.
Whenever another earthquake raises their monstrous stone city again.
Vždy, keď ďalšie zemetrasenie opäť zdvihne ich obludné kamenné mesto.

When Cthulhu is under the light of the sun once more.

Keď je Cthulhu opäť pod svetlom slnka.

Johansen's voyage had begun just as he told it to the vice-admiralty.

Johansenova plavba sa začala presne tak, ako ju vyrozprával viceadmirality.

The Emma, in ballast, had cleared Auckland on February 20th.

Loď Emma s balastom opustila Auckland 20. februára.

The ship had felt the full force of that earthquake-born tempest.

Loď pocítila plnú silu tej búrky spôsobenej zemetrasením.

The horrors from the sea-bottom that filled men's dreams.

Hrôzy z morského dna, ktoré napĺňali mužské sny.

Once under control again the ship was making good progress.

Keď bola loď opäť pod kontrolou, robila dobrý pokrok.

But then the ship was held up by the Alert on March 22nd.

Ale potom bola loď 22. marca zadržaná loďou Alert.

I could feel the mate's regret as he wrote of her bombardment and sinking.

Cítil som ľútosť dôstojníka, keď písal o jej bombardovaní a potopení.

Of the swarthy cult-fiends on the other boat he speaks with horror.

O snedých kultových diabloch na druhej lodi hovorí s hrôzou.

There was some peculiarly abominable quality about them.

Bola na nich akási zvláštne ohavná vlastnosť.

Something made their destruction seem almost a duty.

Niečo spôsobovalo, že ich zničenie sa zdalo takmer ako povinnosť.

This point was brought up during the proceedings of the court of inquiry.

Táto otázka bola nastolená počas konania pred súdom.

Johansen shows ingenuous wonder at the accusation of ruthlessness.

Johansen prejavuje naivný úžas nad obvinením z
bezohľadnosti.

Curiosity is what drove the men on in their captured yacht.

Zvedavosť bola to, čo hnalo mužov vpred na ich ukoristenej
jachte.

Sticking out of the sea the men sighted a great stone pillar.

Muži zbadali z mora veľký kamenný stĺp.

**In South Latitude 47° 9', West Longitude 126° 43' they come
upon a coastline.**

Na južnej zemepisnej šírke 47° 9' a západnej zemepisnej dĺžke
126° 43' narazia na pobrežie.

**The coastline was of mingled mud, ooze, and weedy
Cyclopean masonry.**

Pobrežie tvorilo zmiešané blato, sliz a zarastené kyklopské
murivo.

**Nothing less than the tangible substance of earth's supreme
terror.**

Nič menej ako hmatateľná podstata najvyššej hrôzy Zeme.

They had come across the nightmare corpse-city of R'lyeh.

Narazili na nočné more mŕtvol, R'lyeh.

A city built in measureless eons behind history.

Mesto vybudované v nespočetných eónoch za históriou.

**Monuments to vast loathsome shapes that seeped down
from the dark stars.**

Pomníky obrovských odporných tvarov, ktoré presakovali z
temných hviezd.

**There lay great Cthulhu and his hordes for incalculable
cycles.**

Tam ležal veľký Cthulhu a jeho hordy po nespočetné cykly.

Hidden in green slimy vaults, they sent out their thoughts.

Ukryté v zelených slizkých klenbách vysielali svoje myšlienky.

The thoughts that spread fear to the dreams of the sensitive.

Myšlienky, ktoré šíria strach do snov citlivých.

The thoughts that called imperiously to the faithful.

Myšlienky, ktoré panovačne volali k veriacim.

"Come on a pilgrimage of liberation and restoration."

"Poďte na púť oslobodenia a obnovy."

All this horror Johansen had no way of suspecting.
O celej tejto hrôze Johansen nemal ani poňatia.
But God knows he had soon seen enough!
Ale Boh vie, že toho čoskoro videl dosť!
I suppose what they saw was only a single mountain-top.
Predpokladám, že videli len jeden vrchol hory.
Soon the rest of the city emerged from the waters.
Z vody sa čoskoro vynoril zvyšok mesta.
The hideous monolith-crowned citadel where great Cthulhu was buried.
Ohavná citadela korunovaná monolitom, kde bol pochovaný veľký Cthulhu.
I shudder to think of all that may be brooding down there.
Desí ma pomyslenie na to všetko, čo sa tam dole môže skrývať.
And I almost wish to kill myself to stop these thoughts.
A takmer by som sa chcel zabiť, aby som zastavil tieto myšlienky.

***

Johansen and his men were awed by the cosmic majesty.
Johansen a jeho muži boli ohromení kozmickou majestátnosťou.
They beheld the sight of this dripping Babylon of elder demons.
Uzreli pohľad na tento kvapkajúci Babylon starších démonov.
They must have guessed without guidance what it was they saw.
Museli uhádnuť bez vedenia, čo videli.
What they saw was nothing of this or of any sane planet.
To, čo videli, nebolo nič z tohto ani zo žiadnej inej rozumnej planéty.
The unbelievable size of the greenish stone blocks.
Neuveriteľná veľkosť zelenkastých kamenných blokov.
The dizzying height of the great carven monolith.
Závratná výška veľkého vytesaného monolitu.

And then there was the bas-reliefs found on the captured ship.

A potom tu boli basreliéfy nájdené na zajatej lodi.

The colossal statues mirrored the scene on the carvings.

Kolosálne sochy odrážali scénu na rezbárskych rytinách.

Johansen achieved something very close to futurism.

Johansen dosiahol niečo veľmi blízke futurizmu.

Because he did not describe any definite structure or building.

Pretože neopísal žiadnu konkrétnu štruktúru ani budovu.

He dwelled on the broad impressions of vast angles and stone surfaces.

Zaoberal sa širokými odtlačkami rozsiahlych uhlov a kamenných povrchov.

Surfaces too great to belong to anything right or proper for this earth.

Povrchy príliš veľké na to, aby patrili k čomukoľvek správnemu alebo vhodnému pre túto zem.

Surfaces impious with horrible images and hieroglyphs.

Bezbožné povrchy s hroznými obrázkami a hieroglyfmi.

There is a reason I mention his talk about angles.

Existuje dôvod, prečo spomínam jeho prednášku o uhloch.

It reminds me of something Wilcox had told me of his awful dreams.

Pripomína mi to niečo, čo mi Wilcox rozprával o svojich hrozných snoch.

He had said that the geometry of the dream-place he saw was abnormal.

Povedal, že geometria vysnívaného miesta, ktoré videl, bola abnormálna.

Non-Euclidean spheres unlike anything here on earth.

Neeuklidovské sféry, aké tu na Zemi nemajú.

Loathsomely redolent dimensions completely unlike ours.

Hnusne páchnuce rozmery úplne odlišné od našich.

Now a seaman was describing the exact same thing.

Teraz námorník opisoval presne to isté.

They bad both had the same terrible glimpse of this reality.

Obaja zažili rovnaký hrozný pohľad na túto realitu.

Johansen and his men landed at a sloping mud-bank.

Johansen a jeho muži pristáli na svahovitom bahennom vale.

And they looked up at this monstrous Acropolis.

A pozreli sa hore na túto obludnú Akropolu.

They clambered slippery up over titan oozy blocks.

Šmykľavo sa šplhali po titánskych bahnitých blokoch.

Blocks which could have been no mortal staircase.

Bloky, ktoré nemohli byť žiadnym smrteľným schodiskom.

The very sun of heaven seemed distorted in this mist.

Samotné slnko na nebi sa v tejto hmle zdalo byť skreslené.

A polarizing miasma welling out from this sea-soaked perversion.

Z tejto morom nasiaknutej perverzie vyviera polarizujúca miazma.

Twisted menace and suspense lurked in those elusive rocks.

V tých nepolapiteľných skalách číhala zvrátená hrozba a napätie.

A second glance showed concavity where the first showed convexity.

Druhý pohľad ukázal konkávnosť tam, kde prvý ukázal konvexnosť.

Something very like fright had come over all the explorers.

Všetkých objaviteľov zachvátil niečo veľmi podobné strachu.

Each man would have fled had he not feared the scorn of the others.

Každý muž by bol utiekol, keby sa nebál pohŕdania ostatných.

And it was only half-heartedly that they vainly searched.

A len polovičato márne hľadali.

They were looking for some portable souvenir to bear away.

Hľadali nejaký prenosný suvenír, ktorý by si mohli odniesť so sebou.

It was Rodriguez, the Portuguese, who climbed up the foot of the monolith.

Bol to Portugalec Rodriguez, kto vyliezol na úpätie monolitu.

From there he shouted of what he had found.

Odtiaľ kričal o tom, čo našiel.

The rest followed him to the foot of the monolith.

Zvyšok ho nasledoval k úpätiu monolitu.

They looked curiously at the immense door in front of them.

Zvedavo sa pozreli na obrovské dvere pred sebou.

The now familiar squid-dragon was carved on the door.

Na dverách bol vyrezávaný teraz už známy drak-chobotnica.

It was, Johansen said, like a great barn-door.

Bolo to, povedal Johansen, ako veľké dvere do stodoly.

Although they said it only gave the impression of a door.

Hoci vraj to len vyvolávalo dojem dverí.

They could not decide if the door lay flat like a trap-door.

Nevedeli rozhodnúť, či dvere ležia plocho ako padacie dvere.

Or maybe the opening was slanted like an outside cellar-door.

Alebo bol otvor možno šikmý ako vonkajšie dvere do pivnice.

As Wilcox would have said, the geometry of the place was all wrong.

Ako by povedal Wilcox, geometria miesta bola úplne nesprávna.

One could not be sure that the sea and the ground were horizontal.

Človek si nemohol byť istý, či more a zem sú vodorovné.

Hence the relative position of everything else seemed phantasmally variable.

Preto sa relatívna poloha všetkého ostatného zdala byť fantasticky premenlivá.

Briden pushed at the stone in several places, without result.

Briden zatlačil na kameň na niekoľkých miestach, ale bezvýsledne.

Then Donovan felt delicately over around the edge of the door.

Potom Donovan jemne prehmatal okraj dverí.

He climbed interminably along the grotesque stone molding.

Nekonečne liezol po grotesknej kamennej lište.

Although, if you could really call it climbing is debatable.

Aj keď, ak by sa to dalo naozaj nazvať lezením, je to diskutabilné.

Perhaps the door was more horizontal than vertical.

Možno boli dvere skôr horizontálne ako vertikálne.

And the men wondered how any door in the universe could be so vast.

A muži sa čudovali, ako môžu byť akékoľvek dvere vo vesmíre také obrovské.

Then, very softly and slowly, something began to happen.

Potom sa veľmi jemne a pomaly začalo niečo diať.

The acre-great panel began to give inward at the top.

Panel s rozlohou jedného akra sa začal na vrchu prehýbať dovnútra.

And they saw that the door had balanced itself.

A videli, že dvere sa samy vyvážili.

***

Donovan somehow propelled himself back along the jamb.

Donovan sa nejako pretlačil späť pozdĺž zárubne.

And everyone watched the queer recession of the monstrously carven portal.

A všetci sledovali zvláštne zatváranie obludne vyrezávaného portálu.

In this fantasy of prismatic distortion it moved anomalously in a diagonal way.

V tejto fantázii prizmatického skreslenia sa anomálne pohybovala diagonálne.

All the rules of matter and perspective seemed confused.

Všetky pravidlá hmoty a perspektívy sa zdali byť zmätené.

The aperture was black with a darkness almost material.

Otvor bol čierny, tmavohnedou, takmer materiálnou.

That tenebrousness was indeed a positive quality.

Tá pochmúrnosť bola vskutku pozitívnou vlastnosťou.

The men were spared from seeing the inner walls.

Muži boli ušetrení od pohľadu na vnútorné múry.

The darkness burst forth like smoke from its eon-long imprisonment.

Tma vytryskla ako dym zo svojho večne trvajúceho väzenia.

The sun was visibly darkened by flapping membranous wings.

Slnko bolo viditeľne zatemnené mávaním blanitých krídel.

And the shadow slunk away into the shrunken and gibbous sky.

A tieň sa vkradol do scvrknutej a vypuklej oblohy.

The odor arising from the newly opened depths was intolerable.

Zápach vychádzajúci z novo otvorených hlbín bol neznesiteľný.

The quick-eared Hawkins thought he heard a nasty, slopping sound.

Hawkinsovi s rýchlym uchom sa zdalo, že počuje nepríjemný, čľapkajúci zvuk.

His ears were confirmed when It lumbered slobberingly into sight.

Jeho uši sa potvrdili, keď sa to slintavo vkradlo do dohľadu.

Its gelatinous green immensity groped through the black hall.

Jeho želatínová zelená nesmiernosť sa predierala čiernou chodbou.

And Its ooze and smell squeezed through the angled door.

A jeho sliz a zápach sa pretlačili cez šikmé dvere.

The Thing went into the tainted air of that poison city of madness.

Vec sa vnorila do zamoreného vzduchu toho jedovatého mesta šialenstva.

Poor Johansen's handwriting almost gave out when he wrote of this.

Keď o tom písal, rukopis úbohého Johansena takmer zlyhal.

He thinks two men perished of pure fright in that accursed instant.

Myslí si, že v tom prekliatom okamihu zahynuli dvaja muži od číreho strachu.

The Thing cannot be described with our language.
Tú Vec nemožno opísať naším jazykom.
There are no words for such abysms of shrieking and immemorial lunacy.
Neexistujú slová pre také priepasti kriku a nepamätného šialenstva.
Eldritch contradictions of all matter, force, and cosmic order.
Tajomné rozpory všetkej hmoty, sily a kozmického poriadku.
A mountain that walked and stumbled on the earth. God!
Hora, ktorá kráčala a potkýnala sa po zemi. Bože!
No wonder that across the earth a great architect went mad.
Niet divu, že na druhej strane zemegule sa jeden veľký architekt zbláznil.
No wonder poor Wilcox raved with fever in that telepathic instant.
Niet divu, že chudák Wilcox v tom telepatickom okamihu zúril horúčkou.
The green, sticky spawn of the stars, was walking the earth.
Zelené, lepkavé potomstvo hviezd kráčalo po zemi.
The Thing of the idols had awaked to claim his own.
Vec idolov sa prebudila, aby si nárokovala svoje.
The stars were aligned again, as was predicted.
Hviezdy sa opäť zoradili, ako sa predpokladalo.
An age-old cult had failed in their duties.
Odveký kult zlyhal vo svojich povinnostiach.
And a band of innocent sailors fulfilled their role by accident.
A skupina nevinných námorníkov splnila svoju úlohu náhodou.
After vigintillions of years great Cthulhu was loose again.
Po miliardách rokov bol veľký Cthulhu opäť na slobode.
And now great Cthulhu was ravening for delight.
A teraz veľký Cthulhu túžil po rozkoši.
Three men were swept up by the flabby claws before anybody turned.
Troch mužov strhli ochabnuté pazúry skôr, ako sa niekto otočil.

God rest them, if there be any rest in the universe.
Nech im Boh dá odpočinok, ak je vôbec nejaký odpočinok vo vesmíre.
Let it be known that their names were Donovan, Guerrera and Angstrom.
Nech je známe, že ich mená boli Donovan, Guerrera a Angstrom.
Parker slipped as he was trying to make his escape.
Parker sa pošmykol, keď sa snažil utiecť.
The other three were plunging frenziedly back to the boat.
Ostatní traja sa zbesilo vrhali späť k člnu.
They ran over endless vistas of green-crusted rock.
Bežali po nekonečných priehľadoch skal pokrytých zelenou kôrou.
Johansen swears he was swallowed up by an angle of masonry.
Johansen prisahá, že ho pohltil uhol muriva.
An angle which shouldn't have been there.
Uhol, ktorý tam nemal byť.
An angle which was acute, but behaved as if it were obtuse.
Uhol, ktorý bol ostrý, ale správal sa, akoby bol tupý.
Only Briden and Johansen made it back to the boat.
Iba Briden a Johansen sa dostali späť na loď.
The two men had a moment of good fortune.
Obaja muži mali chvíľku šťastia.
The mountainous monstrosity flopped down on the slimy stones.
Horská obluda dopadla na slizké kamene.
And the beast hesitated floundering at the edge of the water.
A zviera váhalo, mravenčiac sa na okraji vody.
The steam boat had not entirely run out of hot coals.
Parníku ešte úplne nedošlo žeravé uhlie.
Despite the departure of all men for the shore.
Napriek odchodu všetkých mužov na breh.
Feverishly the two men rushed up and down between wheels.

Dvaja muži horúčkovito pobehovali hore-dole medzi
kolesami.
**It was the work of only a few moments to get the engine
going.**
Naštartovanie motora trvalo len pár okamihov.
Amidst the distorted horrors of that indescribable scene.
Uprostred skreslených hrôz tej neopísateľnej scény.
**Slowly their boat began to churn the lethal waters beneath
her.**
Ich loďka pomaly začala víriť smrtiace vody pod ňou.
And they moved along the masonry of that charnel shore.
A pohybovali sa pozdĺž muriva toho pohrebného brehu.
That strange coastline that was not from this world.
To zvláštne pobrežie, ktoré nebolo z tohto sveta.

***

The titan Thing from the stars slavered and gibbered.
Titánska Vec z hviezd slintala a bľabotala.
Like Polypheme cursing the fleeing ship of Odysseus.
Ako Polyfém preklínajúc utekajúcu loď Odysea.
Then great Cthulhu slid greasily into the water.
Potom sa veľký Cthulhu mastne zošmykol do vody.
Bolder and more daring than the storied Cyclops.
Odvážnejší a smelší ako legendárny Kyklop.
**Cthulhu pursued them through the water with cosmic
movement.**
Cthulhu ich prenasledoval cez vodu s kozmickým pohybom.
**Briden looked back from the ship and started laughing
shrilly.**
Briden sa z lode obzrel späť a začal sa prenikavo smiať.
**From that moment Briden continued laughing at odd
intervals.**
Od tej chvíle sa Briden v zvláštnych intervaloch naďalej smial.
But Johansen had not given up yet.
Johansen sa však ešte nevzdal.
He knew his ship had no chance of outpacing the thing.

Vedel, že jeho loď nemá šancu tú vec predbehnúť.

So he resolved on taking a desperate chance.

Preto sa rozhodol zúfalo riskovať.

He loaded the furnace and set the engine for full speed.

Naložil pec a nastavil motor na plné otáčky.

And then he ran lightning-like on deck and reversed the wheel.

A potom bleskovo vybehol na palubu a otočil kormidlo.

There was a mighty eddying and foaming in the noisome brine.

V hnusnej slanej vode sa mohutne vírilo a penilo.

The steam mounted higher and higher into the sky.

Para stúpala stále vyššie a vyššie k nebu.

And the brave Norwegian reversed the course of the chase.

A statočný Nór zvrátil priebeh naháňačky.

Before him rose the unclean froth like the stern of a demon galleon.

Pred ním sa týčila nečistá pena ako korma démonickej galeóny.

He drove his vessel head on against the pursuing jelly.

Čelom vrazil svoju loď do prenasledujúcej medúzy.

The awful squid-head came nearly up to the yacht's bowsprit.

Hrozná chobotnica siahala takmer po čeleň jachty.

But Johansen drove on relentlessly against the writhing feelers.

Ale Johansen neúprosne pokračoval proti zvíjajúcim sa tykadlám.

There was a bursting as of an exploding bladder.

Ozvalo sa prasknutie, akoby explodoval mechúr.

There was a slushy nastiness as of a cloven sunfish.

Bola tam rozbúrená hnusná vôňa, akoby z rozštiepenej slnečnice.

There was a stench as of a thousand opened graves.

Bol tam zápach, akoby z tisícky otvorených hrobov.

And there was a sound the chronicler did not put on paper.

A bol tam zvuk, ktorý kronikár nezapísal.

For an instant the ship was befouled by an acrid cloud.

Na chvíľu loď zahalil štipľavý mrak.

The green cloud blinded Johansen and the mad man.

Zelený oblak oslepil Johansena aj šialenca.

And then there was only a venomous seething astern.

A potom za zadnou časťou bolo už len jedovaté vrenie.

But God in heaven! What the two men saw next;

Ale Bože na nebi! Čo potom tí dvaja muži videli;

The scattered plasticity of that nameless sky-spawn.

Rozptýlená plasticita toho bezmenného nebeského plodu.

The injured thing was nebulously recombining.

Zranená vec sa neurčito rekombinovala.

Soon Cthulhu would be back in its hateful original form.

Cthulhu sa čoskoro vráti do svojej nenávistnej pôvodnej podoby.

But their distance was widening with every second.

Ale ich vzdialenosť sa s každou sekundou zväčšovala.

The ship was gaining impetus from its mounting steam.

Loď naberala na obrátkach vďaka narastajúcej pare.

And eventually the cursed city was over the horizon.

A nakoniec sa prekliate mesto objavilo za obzorom.

***

He did not try to navigate after their lucky escape.

Po ich šťastnom úniku sa nepokúšal navigovať.

His reaction had taken something out of his soul.

Jeho reakcia mu niečo vzala z duše.

He spent his time brooding over the idol in the cabin.

Trávil čas premýšľaním nad idolom v chate.

He looked after the laughing maniac in the boat.

Staral sa za smejúcim sa maniakom v člne.

And he attended to a few matters such as food.

A venoval sa aj niekoľkým záležitostiam, ako napríklad jedlu.

Then came the storm of April 2nd.

Potom prišla búrka 2. apríla.

On that day clouds gathered over his consciousness.

V ten deň sa nad jeho vedomím zhromaždili mraky.
There is a sense of pure and refined delirium.
Je tam pocit čistého a rafinovaného delíria.
Spectral whirling through liquid gulfs of infinity.
Spektrálne vírenie cez tekuté priepasti nekonečna.
Dizzying rides through reeling universes on a comet's tail.
Závratné jazdy víriacimi vesmírmi na chvoste kométy.
Hysterical plunges from the pit to the moon.
Hysterické skoky z jamy na Mesiac.
And he plunged back again from the moon to the pit.
A znova sa ponoril z mesiaca späť do jamy.
A cachinnating chorus of the distorted, hilarious elder gods.
Oslnivý zbor skreslených, veselých starších bohov.
And the green bat-winged mocking imps of Tartarus.
A zelení, netopieri krídla, posmešní škriatkovia z Tartaru.
Out of that dream came rescue; the ship Vigilant.
Z toho sna vzišla záchrana; loď Vigilant.
The vice-admiralty court and the streets of Dunedin.
Viceadmirálny súd a ulice Dunedinu.
The long voyage back home to the old house by the Egeberg.
Dlhá cesta späť domov do starého domu pri Egebergu.
He could not tell anyone of what he had seen.
Nikomu nemohol povedať o tom, čo videl.
Had he told the truth they would have thought he had gone mad.
Keby povedal pravdu, mysleli by si, že sa zbláznil.
So he secretly wrote of what he knew before death came.
Tak tajne písal o tom, čo vedel predtým, ako prišla smrť.
"Death would be a boon if only it could blot out the memories."
„Smrť by bola požehnaním, keby len mohla vymazať spomienky.“
That was the document Johansen left behind.
To bol dokument, ktorý Johansen zanechal.
And now I have placed this document in the tin box.
A teraz som tento dokument vložil do plechovej krabice.
In the box is also the dream carved bas-relief.

V krabici je aj vyrezávaný basreliéf zo sna.
And I have included the papers of Professor Angell.
A zahrnul som aj dokumenty profesora Angella.
With this box shall go this record of mine.
S touto krabicou pôjde aj tento môj záznam.
These notes have become a test of my own sanity.
Tieto poznámky sa stali skúškou môjho vlastného zdravého rozumu.
But I hope my discoveries are never be pieced together again.
Ale dúfam, že moje objavy sa už nikdy nedajú poskladať.
I have looked upon all that the universe has to hold of horror.
Pozrel som sa na všetku hrôzu, ktorú vesmír ukrýva.
But now even the skies of spring are darkness to me.
Ale teraz je pre mňa aj jarná obloha tmou.
Even the flowers of summer are forever poison to me.
Aj letné kvety sú pre mňa navždy jedom.
But I do not think my life will be long.
Ale nemyslím si, že môj život bude dlhý.
As my uncle went, so shall my end come.
Ako odišiel môj strýko, tak príde aj môj koniec.
As poor Johansen went, so shall my time come.
Tak ako odišiel úbohý Johansen, tak príde aj môj čas.
I know too much, and the cult still lives.
Viem toho priveľa a kult stále žije.
Cthulhu still lives, too, I can only suppose.
Môžem len predpokladať, že aj Cthulhu stále žije.
I assume Cthulhu is again in that chasm of stone.
Predpokladám, že Cthulhu je opäť v tej kamennej priepasti.
The city which has shielded him since the sun was young.
Mesto, ktoré ho chránilo od mladého slnka.
I know his accursed city is sunken once more.
Viem, že jeho prekliate mesto je opäť potopené.
The crew of the Vigilant sailed over the spot after the April storm.

Posádka lode Vigilant preplávala nad týmto miestom po aprílovej búrke.

But his ministers on earth still worship his return.

Ale jeho služobníci na zemi stále uctievajú jeho návrat.

In lonely places they congregate around their idol.

Na osamelých miestach sa zhromažďujú okolo svojho idola.

And they bellow and prance and slay in satanic ritual.

A oni kričia, poskakujú a zabíjajú v satanských rituáloch.

He must have been trapped by the sinking of his black abyss.

Musel byť uväznený v pasci potápajúcej sa čiernej priepasti.

Or else the world would by now be screaming with fright and frenzy.

Inak by svet už teraz kričal od strachu a šialenstva.

Who knows how the end will come about?

Ktovie, ako dopadne koniec?

What has risen may sink, and what has sunk may rise.

Čo vystúpilo, môže klesnúť a čo kleslo, môže vystúpiť.

Loathsomeness waits and dreams in the deep.

Hnus čaká a sníva v hlbinách.

And decay spreads over the tottering cities of men.

A rozklad sa šíri po rozpadajúcich sa mestách ľudí.

A time will come where that city rises out the sea again.

Príde čas, keď sa to mesto opäť vynorí z mora.

But I must not think about when that day will come!

Ale nesmiem myslieť na to, kedy ten deň príde!

I have one prayer if this manuscript outlives me.

Mám jednu modlitbu, ak ma tento rukopis prežije.

I pray my executors put caution before audacity.

Modlím sa, aby moji vykonávatelia dali prednosť opatrnosti pred odvahou.

I pray this manuscript meets no other eyes.

Modlím sa, aby sa tento rukopis nestretol s nikým iným.

**Found among the papers of the late Francis Wayland
Thurston, of Boston.**

Nájdené medzi dokumentmi zosnulého Francisa Waylanda
Thurstona z Bostonu.